Jörg Isermeyer
Alles andere als normal
Kurzfassung in Einfacher Sprache

Jörg Isermeyer, geboren 1968 in Bad Segeberg, reiste als Straßenmusiker quer durch Europa. Nach seinem Studium zog er die freie Künstlerlaufbahn einer Universitäts-Karriere vor und lebt heute als Schauspieler, Regisseur, Theaterpädagoge, Musiker und Schriftsteller in Bremen und anderswo.

JÖRG ISERMEYER

ALLES ANDERE ALS NORMAL

Kurzfassung in Einfacher Sprache

Übertragen in Einfache Sprache
von Yvette Wagner

GULLIVER
von BELTZ & Gelberg

Diese Ausgabe ist eine Kurzfassung in Einfacher Sprache
von »Alles andere als normal« von Jörg Isermeyer.

Ebenfalls lieferbar: »Alles andere als normal« im Unterricht PLUS
in der Reihe *Lesen-Verstehen-Lernen*
Materialien für einen Literaturunterricht auf drei Niveaustufen
in inklusiven Klassen
ISBN 978-3-407-63195-4
Beltz Medien-Service, Postfach 100565, 69445 Weinheim
Kostenloser Download: www.beltz.de/lehrer

MIX
Papier aus verantwortungsvollen Quellen
FSC® C089473
www.fsc.org

Klimaneutral
Papier
ClimatePartner.com/13732-1910-1001

Dieses Buch ist erhältlich als:
ISBN 978-3-407-74991-8 Print Kurzfassung in Einfacher Sprache
ISBN 978-3-407-75574-2 E-Book (EPUB) Kurzfassung in Einfacher Sprache
ISBN 978-3-407-74700-6 Print Originalfassung
ISBN 978-3-407-74573-6 E-Book (EPUB) Originalfassung

Text Originalfassung: Jörg Isermeyer
Text in Einfacher Sprache: Yvette Wagner
Lektorat: Elisabeth Gayer
Neue Rechtschreibung
Einbandgestaltung: formlabor Hamburg
Satz: publish4you, Engelskirchen
Druck und Bindung: Beltz Grafische Betriebe, Bad Langensalza
Beltz Grafische Betriebe ist ein klimaneutrales Unternehmen
(ID 15985-2104-100).
Printed in Germany
2 3 4 5 25 24 23 22

Weitere Informationen zu unseren Autor:innen und Titeln
finden Sie unter: www.beltz.de

Du rennst und rennst.

Du kannst nicht mehr. Trotzdem rennst du weiter.

Denn du wirst verfolgt.

Wie dicht ist er hinter dir?

Zehn Meter?

Weniger. Viel weniger.

Direkt hinter dir?

Weniger.

Du kannst nicht mehr. Du musst stehen bleiben und gehst zu Boden. Aber du denkst immer noch, dass du weglaufen kannst.

Das geht aber nicht, denn du kannst vor deinem Gegner nicht fliehen.

Weil du es selbst bist.

Du bist dein eigener Gegner.

LUKAS

Lukas erzählt

Das Mädchen auf der Mauer

Ich heiße Lukas. Lukas Erdmann. Ziemlich langweiliger Name, ich weiß. Aber irgendwie passt der Name zu mir, denn ich bin nicht so spannend. Ich bin zwölf Jahre alt. Ich habe normale Eltern, keine Probleme in der Schule. Ich habe keine besonderen Hobbys, keine Geschwister.

Wenn es in diesem Buch nur um mich ginge, würde ich euch raten: Lest es nicht!

Aber ich bin nicht so wichtig für diese Geschichte. Viel wichtiger ist Jule. Und die ist alles andere als normal.

Zum ersten Mal habe ich Jule an einem Montag getroffen. Ich kam gerade aus der Schule. Ich schleppte mich in Richtung Pestalozzi·straße* 54.

---

* Hinten im Buch werden die unterstrichenen Wörter erklärt. Die kennen einige von euch vielleicht noch nicht. Dazu gehört auch alles rund um Star Wars. Ich bin nämlich ein großer Star-Wars-Fan. Wenn ein unbekanntes Wesen oder ein fremder Planet auftaucht, einfach hinten ab Seite 122 nachsehen.

Da wohne ich. Ich war mal wieder nicht pünktlich zu Hause. Deshalb rief mich meine Mutter an. Sie wollte wissen, wo ich bleibe.
Kurz vor meiner Haustür ging das Handy los. Es hat einen echt fiesen Klingelton, so ein BROOOOAAHR!!!!
Der ist original von Jabba the Hutt, dieser Monster·kröte aus Star Wars.
Mit dem Klingelton will ich Leute erschrecken, wenn ich angerufen werde. Aber meistens erschrecke ich mich nur selber.
So wie jetzt.
Meine Mutter redete los: »Lukas, wo bleibst du? … Das Essen wird kalt!«
Und ich: »Mama, ich bin gleich da … ja, bis gleich.«
Da wäre ich fast an Jule vorbei·gelaufen. Ich dachte schon an meinen Computer und Star Wars Battlefront 2. In dem Spiel kann man in Figuren aus Star Wars schlüpfen. Man kann kämpfen und Planeten erobern.
Jule stand an einer Hauswand auf einem Mauer·vorsprung. Sie bewegte sich nicht. Stand da und schaute durch ein Fenster in eine Wohnung im Erdgeschoss. Ich sah nur ihren Rücken.

Ich blieb stehen.
Ich kenne die anderen Kinder aus meiner Straße.
Und die hier kannte ich nicht. Und heimlich in andere Wohnungen glotzen – das macht man doch nicht.
Nicht in meiner Straße.
Ein Indianer hätte sich angeschlichen und sie erschreckt. Aber ich wartete, bis sie mich bemerken würde. Aber das Mädchen bemerkte mich nicht.
Da räusperte ich mich: »Ähem!«
Das Mädchen rührte sich nicht. Ich versuchte es mit Reden: »Was machst du da?«
»Geht dich nichts an.«
Sie drehte sich nicht um! Die guckte nicht mal, wer mit ihr redete.
»Ich … ich wohne aber hier«, widersprach ich.
»Na und? Ich wohne woanders.«
Sie sagte das so, als wäre ich unwichtig. Das konnte ich mir nicht bieten lassen.
»Ich hab dich hier noch nie gesehen.«
»Na und? Dann siehst du mich eben jetzt. Aber putz mal deine Brille, damit du mich nicht noch mal ansprichst.«
Woher wusste die, dass ich eine Brille trage?

Als könnte sie Gedanken lesen, drehte sie sich um und grinste. Sie zeigte auf das Fenster vor ihr.

»Schon mal was von Spiegelung gehört?«

Und schon drehte sie sich wieder weg.

»Darfst du das überhaupt?«, fragte ich.

»Merkst du nicht, dass du störst?«

Das reichte. So herablassend rede ich nicht mal mit Erst·klässlern. Ich sah mich um. An der Haustür entdeckte ich eine Klingel.

»Ich kann auch klingeln und drinnen fragen.«

Mit einem Ruck drehte sie sich um. »Wenn du das machst, dann …«

Volltreffer! Sie grinste nicht mehr. Stattdessen sah sie mich an wie ein böser Drache. Ich schaute zurück.

Ich stellte fest: »Also du darfst das nicht.«

»Du kannst doch niemanden beschatten und vorher fragen: Entschuldigung, darf ich Sie mal beschatten?«

Ich konnte es nicht glauben: »Wohnt da ein Verbrecher?«

»Keine Ahnung«, antwortete sie. »Mann, hau ab! Du nervst.«

Zack, hatte sie sich wieder zum Fenster gedreht. Aber ich wollte nicht nachgeben! Ich ging zur Tür.

»Soll ich drinnen fragen?«

Sie drehte sich langsam zu mir um und guckte wieder wie ein Drache.

Dann sagte sie: »Ist ein Spiel. Ich such mir jemanden aus und folge ihm.«

»Einfach so? Und wenn das einer merkt?«

»Das merkt keiner, nicht bei mir. Den hier verfolge ich schon zwei Stunden.«

»Zwei Stunden? Glaub ich nicht«, meinte ich.

Und sie: »Du schaffst doch keine sechs Minuten.«

Jetzt wollte ich sie angreifen: »Na und? Dafür schaff ich Naboo bei Star Wars Battlefront 2.«

»Na und?«, machte sie mich nach.

Jetzt hätte ich gehen sollen. Aber ich wollte immer noch nicht nachgeben.

»Darf ich mal gucken?«, fragte ich.

»Nee, das ist mein Spiel.«

Sie wollte also nichts teilen. Also blieb mir nur eine Wahl: Ich ging zur Klingel. Ich hob den Finger. Aber ich hätte mir eher in die Hose gepinkelt, als wirklich zu klingeln.

»Soll ich?«, fragte ich.

»Und was ist, wenn er dich bemerkt?«

»Deswegen will ich ja klingeln.«

»Nein. Ich meine, wenn er dich hier erwischt. Hier oben am Fenster!«

»Wenn er dich nicht bemerkt, bemerkt er mich auch nicht. Außerdem: Ich zeig dir Star Wars Battlefront 2, wenn du mich gucken lässt.«

»Mann, das kenn ich doch. Aber wenn du unbedingt willst …«

Sie sprang runter. Ich konnte es kaum glauben. Jetzt war ich dran.

Damit hatte ich nicht gerechnet.

Lukas erzählt

Knuddel·alarm

Ich hatte Probleme, auf die Mauer zu kommen. Ich kann nämlich nicht gut klettern. Hinter mir kicherte das Mädchen.
Dann drückte ich meine Nase gegen das Fenster. Da war nur ein leerer Flur.
»Da ist niemand.«
Sie kicherte immer noch und sagte: »Der kommt bestimmt gleich wieder.«
Ihre Stimme war jetzt nicht mehr hinter mir. Sie kam von der Seite – von der Haustür. Sie hatte geklingelt!
Ein Mann kam jetzt in den Flur. Er sah mich sofort.
Ich zuckte zurück.
»Was soll das?«, rief ich. Aber das Mädchen war weg.
Der Typ öffnete die Tür. Er war groß. Sein T-Shirt platzte fast vor lauter Muskeln. »ICH BIN ZUM KNUDDELN« stand da drauf. Aber danach sah er nicht aus. Ich hatte Angst.

Ich wollte wegrennen. Aber meine Beine wurden weich und bewegten sich nicht.
Er schrie mich an: »Was machst du da oben? Haben dir deine Eltern nicht gesagt, dass man nicht in fremde Wohnungen schaut?«
Was sollte ich bloß sagen? Ich versuchte es mit der Wahrheit. Ich erklärte ihm, dass hier eben noch ein Mädchen stand. Aber er glaubte mir nicht.
»Jetzt pass mal auf!«, sagte der Typ. Er packte mein Bein.
»Du sagst mir jetzt, wie du heißt und wo du wohnst. Wenn ich dich noch einmal hier erwische, rede ich mit deinen Eltern.«
Mir kamen Tränen. Bloß nicht heulen! Der Typ sollte mich nicht weinen sehen. Und erst recht nicht dieses Mädchen. Sie beobachtete mich bestimmt und lachte sich kaputt. Tränen oder Worte, eine andere Wahl hatte ich nicht.
»Lukas Erdmann«, sagte ich schnell. »Ich wohne nebenan.«
»Na also, geht doch.« Er ließ mich los. »Mach das nicht noch mal!«
»Hm.«

Er brummt: »Na, schon gut.« Dann war er weg.
Sofort tauchte das Mädchen wieder auf. Und grinste.
»Hab ich doch gesagt, keine sechs Minuten.«
Ich drückte die letzten Tränen zurück.
»Das ist nicht witzig.« Ich guckte sie böse an.
Immerhin flüsterte sie »Entschuldigung«. Ich sagte nichts. Wir starrten uns an. Das Spiel kannte ich. Wer zuerst wegschaut, hat verloren. Aber ich würde nicht als Erster weggucken.
Dann röhrte mein Handy los. BROOOOAAHR!!!! Fast wäre ich von der Mauer gefallen. Ich konnte nicht rangehen. Sonst hätte das Mädchen gemerkt, dass meine Mutter anrief. Das wäre peinlich.
Ich sprang von der Mauer und rannte wütend davon.
Hoffentlich sah ich sie nie wieder.

Lukas erzählt

Zimmer·sturm

Zu Hause wollte ich kein Mittagessen. Ich ging in mein Zimmer und wollte Star Wars Battlefront 2 spielen. Da erinnerte mich meine Mutter an die Hausaufgaben.

Bis auf Mathe hatte ich alles gemacht und setzte mich dann an den Computer. Ich flog, kämpfte, siegte, starb. Ich flog und kämpfte erneut …

Es klingelte an der Tür. Meine Mutter öffnete.

Ich hörte: »Hallo. Ist Lukas da?«

Wer war das? Ich bekam fast nie Besuch. Und das war die Stimme von einem Mädchen. Und die kommen hier sonst nie rein.

Meine Mutter sagte: »Lukas macht gerade Hausaufgaben.«

Ich packte schnell die Tastatur weg und holte mein Matheheft raus.

»Wie heißt du denn?«, fragte meine Mutter und öffnete die Tür zu meinem Zimmer.

»Ich bin Jule.«

Ich kannte keine Jule.

Dann ging meine Mutter wieder aus meinem Zimmer.

In dem ein fremdes Mädchen stand.

»Was machst du hier?«, wollte ich wissen.

»Ich gucke, ob du Hausaufgaben machst.«

»Ha, ha, ha!«

Sie ging herum und schaute sich meine Sachen an.

»Woher weißt du, wo ich wohne?«, fragte ich.

»Hast du vorhin dem Mann erzählt.«

Sie hatte mein Laser·schwert entdeckt. Sie nahm es und drückte auf den Knopf. Die Klinge schoss hervor. Es war blau wie das Schwert, das Luke Skywalker von seinem Vater hatte.

Wieso hatte die mein Schwert in der Hand? *Ich* war Luke Skywalker! Zumindest in meinem Zimmer.

Sie pikte mich mit der Schwert·spitze in die Brust.

Ich meinte: »Und wenn ich gelogen hätte?«

»Du konntest nicht lügen. Du hattest zu viel Schiss.«

»Hatte ich nicht!«

Ich riss ihr das Schwert aus der Hand. Dabei kippte ich vom Stuhl. Sie hatte einfach losgelassen, sodass ich das Gleichgewicht verlor.

Jetzt nahm sie meine Darth-Vader-Maske von der Wand. Das ging zu weit. Ich nahm das Laserschwert fest in die Hand. Ich wollte meine Sachen verteidigen.
»Was willst du hier?«, fragte ich wieder.
Sie drehte sich zu mir um, die schwarze Maske vorm Gesicht.
»Du hast mich eingeladen.«
»Hab ich nicht«, antwortete ich.
»Ich hab dich ins Fenster gucken lassen«, sagte sie hinter der Maske. »Dafür wolltest du mir dieses Star-Wars-Dings zeigen.«
»Du hast mich verarscht. »Dafür soll ich dir was zeigen?«
Dann griff ich blitzschnell nach der Maske und …
Diesmal wich Jule aus. Fast wäre ich wieder hingefallen.
Sie warf die Maske auf mein Bett. Nun hatte sie mein Raumschiff in den Fingern. Das Modell vom Rasenden Falken.
»Kannst du das wieder hinstellen?«
Oh Wunder! Sie stellte das Raumschiff wieder hin.
»Das sind meine Sachen«, stellte ich fest.
Ich wollte die Maske zurück an ihren Platz hängen.

Da setzte sie sich auf meinen Stuhl und blätterte im Matheheft. Ich wollte ihr das Heft aus der Hand nehmen. Aber sie zog es weg und ich griff ins Leere.

»Lukas Erdmann, Klasse 6b, Lietzen·see-Schule«, las sie vom Deckblatt ab. »Hast du Schiss, dass du das vergisst?«

»Was?« Ich wusste nicht, was sie wollte.

Blitzschnell griff ich zu. Ich hatte das Heft!

»Na, auf welche Schule du gehst. Ich schreib auf die Hefte nicht mal meinen Namen.«

Jetzt hatte sie die Tastatur geschnappt und fragte:

»Wie geht denn das Spiel?«

»Kannst du nicht die Finger davon lassen!«

Ich wollte ihr nur die Tastatur wegnehmen. Ehrlich!

Da fauchte sie mich an: »Ich kann auch wieder gehen.«

Aus ihren Augen schossen Blitze. Der Drachen·blick von heute Mittag war nichts dagegen.

Ich wollte mich verteidigen: »Nee, aber nachher machst du was kaputt und … und außerdem sind das meine Sachen.«

»Ach ja? Weiß ich. Ist doch alles deins hier.«

Sie war wie ausgewechselt. Wie ein anderes Wesen.

Lukas erzählt

Atempause

Meine Mutter rief mich zum Abendbrot. Ich atmete tief durch.
»Will deine Freundin mitessen?«, rief meine Mutter hinterher.
»Nein.«
Gleichzeitig sagte Jule laut: »Ja, sehr gerne.«
Sie grinste mich an und ging in die Küche.
Was ich von da hörte, gab mir den Rest. Jule fragte ganz nett, ob sie helfen kann. Meine Mutter wusste ja nicht, dass sie es mit einem Monster zu tun hatte.
Allerdings wunderte sich meine Mutter, dass Jule nicht zu Hause Bescheid sagen musste. Aber Jule meinte, dass ihre Mutter sowieso nicht da ist.
Ich kann mich an das Abendbrot nicht mehr erinnern. Ich kam erst zu mir, als Jule weg war. Ich ging in mein Zimmer. Ich sah nach, ob irgendwas fehlte. Aber alles war da.

Am nächsten Morgen wollte meine Mutter mehr über meine »neue Freundin« wissen. Die sei ja schon »anders«. Das interessierte sogar meinen Vater.
Ich sagte fast nichts dazu. Sie sollten nicht erfahren, dass ich Jule beim Durch-fremde-Fenster-Gucken kennengelernt hatte.

Nach der Schule traute ich mich kaum nach Hause. Ich hatte Angst, dass das Mädchen hinter jeder Ecke lauert. Am Nachmittag lauschte ich ständig, ob jemand an der Tür klingelt.
Doch am Dienstag passierte nichts.
Und nicht am Mittwoch.
Und am Donnerstag.
Ich beruhigte mich wieder. Meine Welt war wieder normal.
Dann kam der Freitag.

Lukas erzählt

Wiedersehen macht Freude

Endlich Freitag, endlich Wochenende. Beim Pausen·klingeln sprangen alle auf. Ich ging mit allen anderen aus der Tür. Aus der Schule …

Und blieb stehen. Auf der Mauer vom Schulhof saß ein Mädchen. *Das* Mädchen.

Da entdeckte sie mich. Und sie sah auch, dass ich sie sah. Ich konnte nicht mehr einfach so an ihr vorbei.

Also ging ich lässig auf sie zu.

Ich fragte: »Was machst du denn hier?«

»Darf ich nicht hier sitzen?«

»Klar, aber du sitzt doch sonst nicht hier.«

»Nee.«

Pause.

Plötzlich wusste ich, wieso sie hier saß. »Bist du wegen mir hier?«

»Spinnst du? Ich wusste doch nicht, dass du hier zur Schule gehst.«

»Tu nicht so. Stand doch auf meinem Matheheft.«

Sie grinste. »Bist wohl ganz schlau, was?«
Ich ließ mich darauf nicht ein: »Wo gehst du denn zur Schule?«
»Nicht hier.«
»Gehst du überhaupt zur Schule?«
»Manchmal. Wenn ich Lust hab.«
Eigentlich hätte ich jetzt gehen sollen. Aber etwas hielt mich zurück. Vielleicht wollte ich wissen, wieso das Mädchen auf mich gewartet hatte.
»Und? Beschattest du wieder jemanden?«, fragte ich.
»Nee. Ich guck Straßen·kino.«
»Was soll denn das sein?«
»Ich schau Leuten zu und überleg mir, was mit denen los ist.« Sie zeigte auf unsere Musiklehrerin. Sie ging auf der anderen Straßenseite.
Jule erzählte mir, dass unsere Musiklehrerin eigentlich eine Agentin ist. Sie soll sich an Dr. Silberblick heranmachen. Der heißt so, weil er sein linkes Auge verloren hat. Dafür hat er jetzt eins aus Silber.
Dr. Silberblick bastelt an einer Superwaffe, mit der er die Welt beherrschen will. Und seine Tochter geht in die Klasse von unserer Musiklehrerin. Über die Tochter will die Agentin an Silberauge herankommen.

Das reichte. »Deine Geschichte stimmt nicht.«

»Na und? Dein Star Wars ist ja auch nicht echt«, antwortete sie.

»Das ist ja auch Kino!«

Sie grinste wieder. »Sag ich doch: Straßenkino.«

Mist! Sie hatte wieder gewonnen.

Dann schlug sie vor, dass wir bei mir einen Film gucken könnten. Einen auf DVD. Aber ich wollte nicht. Ich wollte auch nicht, dass sie später wieder zum Abendbrot kommt. Ich fand das peinlich.

»Deine Mutter fand mich aber nett«, erwiderte Jule.

»Na und? Das ist *meine* Mutter.«

»Klar. Alles deins.«

Ihre Stimme veränderte sich, aber ich hörte das nicht.

»Merkst du nicht, dass du nervst?«, stöhnte ich.

»Dann eben nicht.«

Ein Drachen·blick – dann drehte sie sich um und lief die Mauer entlang.

Lukas erzählt

Vergeigte Verfolgung

Jule ließ mich einfach stehen! Ich war überrascht. Aber ich hatte wieder meine Ruhe.
Ich atmete ein.
Ich atmete aus.
Da fingen meine Beine einfach an zu rennen. Ich rannte Jule hinterher, ich verfolgte sie heimlich.
Ich schaute vorsichtig um Ecken und rannte über rote Ampeln. Ich versteckte mich hinter Mauern, Zäunen und Hecken. Ich war ein Superheld. Ich war unsichtbar und trotzdem überall.
Jule bemerkte mich nicht. Sie drehte sich kein einziges Mal um.
Das war ja ein leichtes Spiel!
Wenn sie jetzt nach Hause lief, dann konnte *ich* bei *ihr* klingeln. Und in ihr Zimmer gehen.
Aber … wo war sie? Eben war sie noch da! Ich schaute mich um.
»Suchst du jemanden?«, hörte ich.

Ich drehte mich um.
»Wo kommst du denn …« Ich verbesserte mich schnell: »*Wie* kommst du denn darauf?«
»So wie du mir hinterher·läufst.«
Jule hatte mich bemerkt – von Anfang an! Das konnte ich nicht glauben. Sie hatte mein Spiegelbild in einem Fenster gesehen …
»Ist nicht so leicht, wie es aussieht«, erklärte sie. »Früher haben mich die Leute auch bemerkt. Gibt halt Tricks. Soll ich sie dir beibringen?«
Ich winkte ab: »Nee, lass mal.«
Aber Jule war das egal.
Sie schubste mich an. »Komm, die nehmen wir.«
Schon ging sie einer Frau mit einem Hund hinterher.
Sollte ich ihr hinterher? Ich konnte mich nicht entscheiden. Aber wenn ich ihre Tricks sehen wollte, musste ich es tun.
Da rannten meine Beine wieder los, Jule hinterher.
Ich rief schnell meine Mutter an und sagte, dass ich später komme.

Ich kam spät nach Hause. Statt Mittagessen gab es schon Abendbrot. Und meine Mutter war sauer. Mein

Vater wollte auch wissen, wo ich war. Ich stopfte ein Brot nach dem anderen in mich hinein. Und weil ich nicht mit vollem Mund reden durfte, konnte ich mir in Ruhe eine Ausrede überlegen. Denn was ich gemacht hatte, wollte ich ihnen nicht erzählen.

Wir hatten nicht nur Leute beschattet. Jule hatte mich in ein fremdes Haus gezogen. Dort waren wir heimlich auf dem Dachboden.

Ich wollte auch nicht erzählen, wie Jule Klingel·streiche macht. Sie rennt nach dem Klingeln nicht weg. Jule bleibt vor der Sprech·anlage stehen und erzählt den Leuten verrückte Sachen.

Also sagte ich meinen Eltern, dass ich bei einem Klassen·kameraden war. Beim Computer·spielen hatten wir einfach die Zeit vergessen.

Lukas erzählt

Verbotene Zonen

Am Wochenende sah ich Jule nicht. Am Samstag musste ich mit meinen Eltern zu Tante Hanna und Onkel Jürgen.
Am Sonntag regnete es. Ich blieb in meinem Zimmer. Beim Computer·spielen war ich nicht gut. Vielleicht hoffte ich doch, dass Jule kommt.
Ich wusste nicht, wo Jule wohnte. Ich konnte also nicht zu ihr gehen. Ich hatte auch ihre Telefonnummer nicht. Überhaupt hatte sie nichts über sich erzählt. Sobald ich etwas über sie wissen wollte, wechselte sie das Thema.
Montag saß sie wieder auf unserer Schulmauer. Wir hatten eine Stunde früher Schluss. Jule auch?
Ich begrüßte sie: »Na, hast du schon frei?«
»Was dagegen?«
»Nein, aber … gehst du echt nicht zur Schule?«
Sie erklärte: »Wir hatten heute früher Schluss.«
»Kommt wohl häufiger vor.«

»Du bist doch auch schon draußen.«

Ich konnte das gut begründen: »Unser Mathelehrer ist krank.«

»Bei uns fällt Deutsch aus.«

Dagegen konnte ich nichts sagen. Das konnte stimmen.

Sie fragte: »Wollen wir bei dir Star Wars gucken?«

Mir gefiel es nicht, Jule bei uns zu Hause zu haben. Die Abenteuer mit ihr auf der Straße – das wollte ich gerne teilen! Aber nicht meine kleine Welt.

Ich fragte: »Wollen wir nicht wieder jemanden beschatten?« Schließlich wollte ich üben.

Sie überlegte. Dann stand sie auf und ging einem jungen Typen mit Kopfhörern hinterher. Die Musik hatte er so laut, dass wir alles hörten. Ich folgte Jule. Der würde uns erst bemerken, wenn sein Akku leer war.

Lukas erzählt

Zwei schräge Typen

Der Typ mit den Kopf·hörern hatte uns schnell bemerkt. Wie, das wusste selbst Jule nicht.
In dieser und der nächsten Woche sah ich Jule nur ab und zu. Mal kam sie zu meiner Schule, mal nicht.
Ich wollte Jule nicht mit nach Hause nehmen. Deshalb suchte ich Ausreden. Das gefiel Jule nicht. An einem Tag wurde sie wütend und ging weg.
Drei Tage hatte ich schlechte Laune und ärgerte mich über mich selbst. Am vierten Tag saß sie wieder vor der Schule, als ob nichts gewesen wäre.
Wir sprachen nicht mehr über Zuhause, weder über meins noch ihres. Wir trafen uns jetzt auf der Straße. Sonst nirgends.
Ich wurde immer besser beim Verfolgen. Im Straßenkino versuchte ich mich auch. Aber irgendwie passten meine Ideen nicht zu den Leuten. Jule dagegen fallen wirklich zu jedem verrückte

Geschichten ein: Ein Mann mit Haut·ausschlag ist bei ihr ein Alien. Ein Typ mit dunklen Ringen unter den Augen ist ein Vampir. Dabei tauchen manche Gestalten häufiger auf, zum Beispiel Dr. Silberblick. Ich wollte ihn endlich sehen! Aber Jule führte mich nicht zu ihm.

Meine Eltern bekamen nichts mit. Ich erzählte nicht von Jule, sondern erfand Ausreden.

Dann kam wieder ein Freitag.

Der Freitag.

Wir verfolgten zwei Typen. Der eine war ziemlich lang. Daneben lief ein kleiner, dünner Typ. Der drehte sich ständig um. Trotzdem sah er uns nicht, weil er die ganze Zeit seinem Kumpel was erzählte.

Plötzlich schaute sich der Lange um. Er war misstrauisch. Wir konnten gerade noch in einen Haus·eingang springen. Hatten die beiden doch was bemerkt? Wir verfolgten sie weiter. Plötzlich waren sie weg.

Rechts war ein Tor. Es führte auf einen Hinterhof. Dort mussten sie sein.

Wir schlichen vorsichtig hinterher.

Im Hinterhof war eine Lagerhalle. Wir bekamen

gerade noch mit, wie der Kleine die Tür der Lagerhalle hinter sich zumachte.
Es gab ein kleines Fenster, durch das man in die Halle sehen konnte. Allerdings war es weit oben.
Wir entdeckten eine große Mülltonne mit Rädern.
Ganz leise rollten wir die Tonne unter das Fenster.
Jule kletterte hinauf. Dann reichte sie mir die Hand und zog mich hoch.
Wir schauten beide durchs Fenster und staunten: Die ganze Halle war voller Fahrräder. Die meisten waren echt toll.
Ich flüsterte: »Sieht von außen gar nicht aus wie ein Fahrrad·laden.«
»Ist auch eine Werkstatt.«
»Oder eine Fabrik«, entgegnete ich.
»Fabrik, spinnst du? In einer Fabrik sehen alle Fahrräder gleich aus. Die hier sind total unterschiedlich. Nee, das ist ein Forschungs·labor. Die entwickeln hier die neuesten Super·modelle.«
»Quatsch, die Fahrräder hier kannst du alle im Laden kaufen.«
Sie wurde ein wenig wütend. »Du vielleicht.«
Da entdeckte ich ein rotes Rad. Das hatte ich mir zu

Weihnachten gewünscht und leider nicht bekommen. Zu teuer, hatten meine Eltern gesagt.

Begeistert erklärte ich Jule: »Das rote Rad da vorn ist echt geil. Damit fährst du fast wie mit einem Spaceglider.«

»Mit einem was?«

»Damit fahren die in Star Wars rum. Anakin Skywalker legt sich damit in die Kurven, so … und so …« Ich versuchte, ihr zu zeigen, was ich meinte. Dabei wackelte die Mülltonne – und kippte um.

Lukas erzählt

Eine gefährliche Entdeckung

Wir knallten auf den Boden. Dann versteckten wir uns hinter einem Haufen voller Schrott. Wir hörten, wie jemand aus der Lagerhalle kam.

Eine Stimme sagte: »Bah, Scheiß·viecher.« Das war wohl der Lange.

Es rumpelte. Der Lange stellte die Mülltonne wieder hin.

Eine andere Stimme fragte: »Was war denn?« Das war der Kleine.

Ich hielt die Luft an: Er klang so komisch wie Jar Jar Binks.

»Wahrscheinlich Katzen«, antwortete der Lange.

Der Kleine wirkte nervös: »Ich weiß nicht.«

Diese Stimme! Ich musste kichern.

Jule stieß mich an. Für sie war das Spiel ernst.

»Hast du das gehört?«, fragte der Kleine. »Ein Kichern oder so.«

»Da war nichts«, meinte der Lange.

Da fiel dem Kleinen etwas auf: »Sag mal: Stand die Mülltonne nicht dahinten?«

»Nee, die stand hier«, meinte der Lange. »Das waren Katzen, glaub mir.«

Der Kleine war noch nicht überzeugt.

Der Lange wurde sauer. »Dann hör auf! Verkauf dein geklautes Zeug doch wieder auf dem Flohmarkt.«

Mein Lachen blieb mir im Hals stecken.

Scheiße, dachte ich. Scheiße, Scheiße, Scheiße!

Die klauen Fahrräder.

Ich bekam Angst. Wenn die uns entdeckten, dann …

Jules Finger krallten sich in meinen Oberarm. Ihr ging es genauso.

Der Kleine zischte: »Hast du geguckt, ob niemand da ist?«

»Hab ich«, antwortete der Lange.

»Hast du auch da hinter dem Schrott·haufen nachgesehen?«

»Ja, hab ich.«

Wir schauten uns an und bekamen Panik.

Der Kleine sagte: »Ich guck noch mal selber.«

Scheiße!

Und dann hörten wir Schritte. Schritte, die näher

kamen. Wenn der Kleine hierherkam, musste er uns sehen. Jetzt hörten wir schnelle Schritte. Sie holten den Kleinen ein.

Der Lange sagte: »Mensch, Pille, mach mich nicht wahnsinnig.«

Die Schritte stoppten. Wir hielten den Atem an. Vielleicht hatte der Lange den Kleinen festgehalten. Oder Pille, wie der Kleine wohl hieß.

Einen Moment hörten wir nichts. Dann entfernten sich die Schritte wieder. Der Kleine und der Lange gingen wieder in die Lagerhalle.

Lukas erzählt

Dr. Silberblick

Die ganzen Fahrräder ... alle geklaut. Das war der Mega-Super-Oberhammer.

Wir lagen in unserem Versteck und konnten es kaum fassen. Ein Glück, dass sie uns nicht entdeckt hatten.

Was sollten wir jetzt machen? Jule schlug vor, zur Polizei zu gehen. Ich war einverstanden.

Das hier war wie ein Krimi. Aber es war kein Film, das war nicht erfunden. Und wir waren die Superhelden.

Jule wollte losgehen, aber ich hielt sie zurück.

»Erst müssen wir schwören«, erklärte ich. Ewige Treue oder so. »Wir sind doch ein Team.«

Jule verstand mich nicht.

»Na, ein Superhelden-Team. Da macht man so was. Wie Luke Skywalker und Prinzessin Leia.«

»Ich bin keine Prinzessin«, fauchte sie.

»Mann, das ist eine Kriegerin. Die kämpft gegen das Imperium, wie wir.«

»Ich kämpf nicht gegen das Imperium.«

»Doch, gegen das Fahrradklau-Imperium.«
Sie starrte mich an. Plötzlich musste sie grinsen.
»Von mir aus«, meinte sie.
Jule stand auf und hielt mir die Hand hin. Ich griff zu. Sie zog mich hoch. Meine freie Hand legte ich auf Jules Schulter. Dabei schaute ich sie ernst an. Sie legte auch eine Hand auf meine Schulter. Dann sprach ich: »Möge die Macht mit dir sein. Auf ewige Treue.«
Sie wiederholte das – und musste dabei fast lachen. Trotzdem fühlte ich mich in diesem Moment wie Luke Skywalker.
Und sie war Prinzessin Leia. Zusammen kämpften wir gegen die dunkle Seite. Ich spürte, wie die Macht in mich strömte. Die Macht verwandelte mich: Ich blieb ich und wurde trotzdem ein anderer, wie eine höhere Stufe meiner selbst. Als ich vollkommen verwandelt war, rannte ich los.
»Jedi-Ritter, mir nach!«, gab ich das Kommando – und blieb sofort wieder stehen. Jule rannte in mich hinein.
»Da … da kommt wer!«, flüsterte ich.
Wir hörten ein Fahrrad. Sollten wir vor oder zurück?

Meine ganze Macht war plötzlich weg. Jule zog mich in unser Versteck. Gerade rechtzeitig. Da kam ein Radfahrer auf den Hof. Wir hörten die Fahrrad·klingel. Die Tür der Lagerhalle ging auf.

Der Kleine schimpfte: »Sag mal, geht's noch lauter?«

Der Radfahrer wunderte sich: »Wieso, ist doch niemand hier.«

»Trotzdem. Das hat Paul verboten.«

Aha, der Lange hieß also Paul. Das war wohl der Chef, denn der Radfahrer gab sofort nach: »Ist gut, kommt nicht wieder vor.«

Je mehr der Radfahrer sagte, desto unruhiger wurde Jule.

Jetzt meldete sich der Lange: »Hey, Tim.«

»Hey, Paul. Guck mal, was für ein geiles Rad ich habe.«

Beim Namen des Radfahrers war Jule zusammen·gezuckt. Sie stand langsam auf.

Die drei Typen unterhielten sich weiter. Ich versuchte, Jule zurück ins Versteck zu ziehen. Aber ich konnte nichts machen.

Plötzlich sackte sie zurück. Sie starrte mich an, aber ihr Blick ging durch mich durch.

Ich musste wissen, was Jule gesehen hatte. Obwohl

ich Angst hatte. Vorsichtig schob ich mich hoch. Durch einen Spalt sah ich ihn. Den Radfahrer. Etwas Silbernes leuchtete da, wo sein linkes Auge hätte sein sollen. Es gab ihn wirklich.

Dr. Silberblick!

Dann gingen die Typen endlich in die Lagerhalle.

Da plötzlich brüllte Jabba the Hutt.

BROOOOAAHR!!!! BROOOOAAHR!!!!

Scheiße, mein Handy!

Das hatte ich total vergessen.

Lukas erzählt

Die Jäger werden gejagt

Hektisch drückte ich den Anruf weg. Im selben Moment ging die Tür der Lagerhalle auf.

»Habt ihr das gehört?« Das war Pilles Stimme.

»Das klang eben wie eine Monster·kröte, die rülpst.«

»Spinn nicht und komm rein«, sagte Paul von drinnen.

Da röhrte mein Handy wieder los.

BROOOOAAHR!!!! BROOOOAAHR!!!!

Jule sprang auf und rannte los.

Ich auch. Hinter mir brüllte Pille. Und mein Handy röhrte schon wieder.

BROOOOAAHR!!!! BROOOOAAHR!!!!

Pille rannte hinter uns her. Wahrscheinlich auch der Lange.

BROOOOAAHR!!!! BROOOOAAHR!!!!

Wir rannten durch das Tor.

BROOOOAAHR!!!! BROOOOAAHR!!!!

Hoffentlich jagte uns nicht Dr. Silberblick mit dem Fahrrad.

BROOOOAAHR!!!! BROOOOAAHR!!!!

Wir rannten um unser Leben. Dabei konnte ich endlich das Handy ganz ausschalten. Ich verfluchte meine Mutter. Sie rief immer an und wollte immer wissen, wo ich war. Dabei war alles meine Schuld. Ich hätte das Handy nur ausstellen müssen.

Jule war natürlich schneller als ich. Hinter mir spürte ich einen Verfolger.

Jule rannte auf eine Bus·haltestelle zu, an der Leute warteten. Blitz·schnell schlängelte sie sich durch. Ich direkt hinterher. Die Leute regten sich auf, aber unsere Verfolger waren nicht so gut durchgekommen. Wir hatten wieder einen kleinen Vorsprung.

Jule rannte weiter, aber meine Beine konnten nicht mehr. Der Abstand zwischen Jule und mir wurde immer größer. Ich musste bald aufgeben.

Jule stand auf einmal direkt vor mir.

»Runter«, zischte sie und zerrte mich unter ein parkendes Auto.

Zwei Paar Schuhe kamen angerannt und blieben vor unseren Gesichtern stehen.

Pille keuchte: »Wo sind sie?«

»Scheiße. Ich sehe sie nicht mehr«, sagte Paul.

Dr. Silberblick hatte uns wohl nicht verfolgt.
Pille wollte uns suchen, aber Paul hielt ihn zurück:
»Das waren doch bloß Kinder.«
Pille trat wütend gegen den Auto·reifen – direkt vor meiner Nase. Ich zuckte zurück. Dann fiel eine Zigarette auf den Boden. Sie rollte zu uns unter das Auto.
»Scheiße«, sagte Paul.
Scheiße!, hörte ich es in meinem Kopf. Eine Hand streckte sich unter das Auto. Sie suchte nach der Zigarette. Ich schloss die Augen.
Das Ende wollte ich nicht sehen.
Als ich die Augen wieder öffnete, waren Zigarette und Schuhe verschwunden.

Lukas erzählt

Ein Riss in der Mauer

Irgendwann krabbelte Jule unter dem Auto hervor und ich hinterher. Wir gingen los, ohne Ziel. Wir sagten kein Wort.

Endlich begann ich zu sprechen: »Mann, hab ich mich erschreckt. Du dich auch, oder?«

Ich wollte jetzt unbedingt reden, aber Jule nicht. Sie schwieg.

»Alles okay?«, fragte ich.

Jule schüttelte den Kopf. Immerhin etwas.

Ich entschuldigte mich für das Handy-Klingeln. Aber das interessierte sie überhaupt nicht.

Ich redete weiter: »Du hast doch gesagt, Dr. Silberblick gibt's nicht.«

Jule schaute mich erstaunt an.

»Dr. was?«

»Dr. Silberblick. Den mit dem Silberauge. Von dem du immer erzählst.«

Auf einmal schubste sie mich und brüllte: »Das war

eine Münze. Der Idiot hat sich eine Münze ins Auge geklemmt. Solche Scherze macht der …« Sie hörte plötzlich auf.

»Ach so«, meinte ich. »Aber … du hast dich auch erschreckt, dass es so einen Typen wirklich gibt.«

»Ich? Natürlich!« Sie versuchte zu grinsen. »Zuerst … da hab ich auch gedacht, das ist Dr. Silberblick. Dabei hab ich den erfunden.«

Dann schwieg sie wieder.

»Gehen wir jetzt zur Polizei?«, fragte ich.

Sie schüttelte heftig den Kopf. »Nein! Nein, das geht nicht«, sagte sie. Fast ängstlich.

Ich war verwundert: »Wieso denn nicht?«

Sie schrie: »Die … die glauben uns doch nicht!«

Wütend sah sie mich an. Ich verstand nichts mehr.

»Wieso soll uns die Polizei nicht glauben?«, meinte ich.

»Weil … wir … wir haben keine Beweise. Und ohne Beweise geh ich nicht zur Polizei«, antwortete sie.

Ich wurde sauer: »Das sind Fahrraddiebe. Die Beweise stehen in der Lagerhalle. Los, wir gehen zur Polizei.«

»Nein!«

Ich hatte die Nase voll. »Dann geh ich alleine.«

Jule hielt mich am Arm fest.
»Das geht nicht!«, sagte sie.
»Und warum nicht?«
»Das ist meine Sache«, meinte Jule.
Mit einem Ruck machte ich mich frei.
Ich erwiderte: »Wenn wir ein Team sind, dann ist das auch meine Sache.«
Wir starrten uns an. Ich war wütend. Jule kamen Tränen. Aber mir war das egal.
»Dann eben nicht!«, zischte ich und ging davon.
Da bekam Jules Mauer einen Riss. Ihre Stimme traf mich wie ein Pfeil von hinten.
»Das war mein Bruder.«

JULE

Jule erzählt

Hinter der Mauer

Ja, genau. Mein Bruder klaut Fahrräder.
Ist egal, denkst du. Weil es ja nur *mein* Bruder ist.
Aber stell dir vor, *dein* Bruder klaut Fahrräder.
Er hat dir natürlich nichts erzählt. Er ist ja fast erwachsen, meint er jedenfalls. Und deswegen benimmt er sich wie der größte Idiot, zumindest dir gegenüber.
Trotzdem ist er dein einziger Bruder. Er ist auch der einzige Mensch auf der Welt, der sich überhaupt mit dir abgibt. Weil dein Vater kurz nach deiner Geburt abgehauen ist. Und deine Mutter versucht den ganzen Tag, mit Jobs genug Geld zu verdienen. Denn sie muss die Miete zahlen und für euch etwas zum Essen kaufen.
Hab ich euch bis jetzt nicht erzählt.
Also von vorn.
Stell dir vor, es ist ein ganz normaler Tag.

Du kommst nach Hause. Niemand wartet auf dich. Du hast auch kein eigenes Zimmer. Also, was sollst du zu Hause? Aber du hast Hunger und irgendwie … keine Ahnung.
Du wünschst dir, es könnte anders sein. Du hoffst darauf, dass sich etwas ändert. Vielleicht. Irgendwann.
Dein Bruder hängt vor der Glotze. Er fühlt sich cool, denn er ist sechzehn.
Du gehst in die Küche. Du willst was BESTIMMTES! Aber das musst du erst suchen.
Du schaust in alle Schränke, aber heute hast du kein Glück. Du gehst ins Wohnzimmer und wirfst dich neben deinem Bruder auf die Couch … Dann zieht er das hervor, was du suchst: das Nutella-Glas.
Du nimmst es dir.
»He, Jule, was soll das?«, beschwert sich dein Bruder.
Du schiebst dir schnell Nutella in den Mund. Aber er will das Glas zurück und versucht, es zu schnappen.
Plötzlich steht deine Mutter in der Tür.
»Jule! Tim! Was macht ihr da?«
Dein Bruder lässt dich schnell in Ruhe. Kein Wunder. Du hast das Nutella-Glas. Und das ist verboten.

Deine Mutter stellt ihre Einkaufs·taschen ab. Sie schimpft weiter: »Könnt ihr euch nicht vertragen? Ich hab genug Ärger auf der Arbeit, mir reicht's.«

Du hältst die Nutella hinter deinem Rücken.

Du guckst, wo du das Glas verstecken kannst.

»Was war denn los?«, fragst du. Du schiebst dich zum Regal.

Deine Mutter erzählt, dass sie aufs Amt sollte. Aber ihr Chef hat sie nicht gehen lassen, obwohl sie die Arbeitszeit mit Kollegen getauscht hatte. Außerdem hat sie diesen Monat schon mehr als 30 Überstunden gemacht.

»Überstunden? Ist doch prima«, sagst du. Dabei öffnest du heimlich die Schublade hinter dir. »Dann haben wir mehr Geld.«

»Nein, die Überstunden werden nicht bezahlt«, erklärt sie.

Du ziehst weiter an der Schublade. Mist, die quietscht. Deine Mutter hört das.

Du willst sie ablenken: »Was wolltest du auf dem Amt?«

Aber deine Mutter ist jetzt misstrauisch.

»Weil mir euer Vater kein Geld gibt«, antwortet sie.

Du überlegst: »Ich denk, der hat nichts.«

»Hat er auch nicht. Deswegen haben wir das Geld bisher vom Amt bekommen. Aber jetzt zahlt das Amt nichts mehr.«

»Aber wieso?«

»Keine Ahnung. Ich war ja nicht auf dem Amt.«

Der Fernseher ist deiner Mutter zu laut. Sie geht zur Couch und schnappt sich die Fernbedienung. Sie schaltet die Glotze aus.

Das ist deine Chance. Glas rein, Schublade zu.

Deine Mutter bekommt das mit. Sie öffnet die Schublade – und sieht das Nutella-Glas.

»Jule, wir können nicht jeden Tag ein neues Nutella-Glas kaufen. Dafür haben wir kein Geld. Wenn du dich nicht an die Abmachung hältst, dann kauf ich keine Nutella mehr.«

»Kannst du nicht mal so ein Glas einstecken?«

Das hättest du nicht sagen sollen. Sie will dir eine Ohrfeige geben – sie hebt schon ihre Hand. Aber dann sagt sie nur: »Jule!«

Du musst eure Abmachung wiederholen: Sonntags ein Nutella-Brot und an Geburtstagen, so viel du magst. Klar, nur aufs Brot.

Mit Hausaufgaben lässt sie dich danach in Ruhe, wie

meistens. Weil es genug Stress war und weil sie keine Zeit dafür hat oder was weiß ich.

Später hockst du dich neben deinen Bruder. Du streitest dich mit ihm ums Programm. Was in der Glotze läuft, ändert sich. Aber was in der Wohnung abläuft, sieht jeden Tag gleich aus.

Denn das ist deine Familie.

Lukas erzählt

Getrennte Wege

»Das war mein Bruder«, sagte Jule. »Der Radfahrer.«
Ich blieb stehen und drehte mich zu ihr um.
Ihre Stimme war kaum zu hören: »Der mit der Münze.«
Endlich hatte ich es verstanden.
Ich wollte es nicht glauben. »Ach du Scheiße.
Dr. Silberblick ist …?«
Jule wischte sich die Tränen weg. »Ich kann doch nicht meinen Bruder bei der Polizei anzeigen.«
Ich wusste nicht, was ich sagen sollte. Oder machen sollte.
»Wieso eigentlich nicht?«, rutschte es mir raus.
»Spinnst du? Das ist meine Familie!«
»Aber das sind Diebe.«
Jule wurde wütend. »Wenn wir ein Team sind, gehst du nicht zur Polizei.«
»Aber …«
»Du hast geschworen, auf ewige Treue. Wie dein Luke Skywalker und diese Prinzessin.«

Sie hatte recht. Und ich wollte kein Verräter sein. Was sollte ich machen?

»Na, dann … dann rede mit deinem Bruder. Er kann selbst zur Polizei gehen. Die sind bestimmt dankbar, dass er alles zugibt, und lassen ihn laufen.«

»Du spinnst«, antwortete sie.

Aber eine andere Idee hatte ich nicht. Also musste *ich* es anders versuchen.

»Wo wohnst du?«

Sie wollte es mir erst nicht verraten, aber dann sagte sie: »Bredow·straße 6.«

»Wo muss ich klingeln?«

»Bei Wolff.«

»Gut, dann rede ich mit ihm.«

Wie ein Held ging ich los. Aber sie hielt mich fest.

»Spinnst du? Der … der bringt dich um.«

Das hörte sich nicht gut an.

»Dann eben nicht.« Ich war halb beleidigt, halb erleichtert. »Ist sowieso eine blöde Idee. Dann warnt dein Bruder die Bande und die versteckt alle Beweise.«

Immerhin: Ich hatte nach einem Ausweg gesucht. Aber wenn Jule alle Vorschläge ablehnte? Wenn sie nicht mit mir als Team arbeiten wollte …

Ich ging an ihr vorbei.
»Wo willst du hin?«, fragte sie.
»Ich geh zur Polizei.«
Plötzlich prallte ich auf den Boden. Jule hatte mich umgestoßen und lag über mir.
»Das machst du nicht«, schrie sie.
Ich versuchte, mich zu befreien. Aber Jule war stark und drückte mich runter.
»Dein Bruder hat sich mit der dunklen Seite der Macht eingelassen …«, sagte ich.
Aber ich war nicht Luke Skywalker, sondern nur Lukas Erdmann. Ein Junge, der sich nicht gegen ein Mädchen wehren konnte.
Ich hatte keine andere Wahl: Ich biss ihr ins Handgelenk. Es war direkt neben meinem Gesicht.
Eine Sekunde später war ich frei. Dann rannte ich los.
Hinter mir hörte ich Jule mit einer Stimme aus Wut und Tränen.
»Das ist kein Spiel, du Idiot. Das ist mein Bruder!«

JULE

Jule erzählt

Alarmstufe Rot

Dein Bruder ist ein Arsch, aber trotzdem kannst du dich auf ihn verlassen. Keiner kann so gut die Unterschrift deiner Mutter fälschen. Er schreibt sich selbst Entschuldigungen, weil er »krank« war.
Ja, du hast richtig gehört: Dein Bruder schwänzt ab und zu die Schule, und du machst es ihm nach. Inzwischen schwänzt du sogar öfter als er.
Auch für dich fälscht er Entschuldigungen. Alles sieht so aus, als hätte deine Mutter das geschrieben.
Gestern hat er dich aber wirklich gerettet.

Ihr seid zu Hause, deine Mutter ist arbeiten. Dann klingelt im Flur das Telefon.
Du gehst ran: »Ja, hier Jule Wolff.« Und dann willst du den Hörer am liebsten fallen lassen.
Aber du musst dranbleiben und freundlich sein.
Dabei hast du Schiss. Der Weinert ist dran, dein Klassenlehrer.

Du erzählst ihm, dass du Fieber und Bauchschmerzen hast. Er will mit deiner Mutter sprechen – und sogar vorbeikommen. Du stotterst und erklärst ihm, dass deine Mutter kaum zu Hause ist.

Eine gefälschte Unterschrift reicht nicht mehr. Jetzt brauchst du dringend eine Idee.

»Oh, ich glaub, Sie haben Glück«, sagst du.

»Ich glaub, meine Mutter kommt die Treppe rauf … einen Moment.«

Du hältst deine Hand ums Telefon – damit der Weinert nichts mehr hört. Du steckst deinen Kopf ins Wohnzimmer.

»Tim, Telefon! Notfall. Das ist mein Klassenlehrer. Alarmstufe Rot! Du musst Mama spielen!«

»Spinnst du!« Er ist genervt.

»Tim, bitte! Der kommt sonst vorbei!!«

»Na und?«

Du flehst ihn an: »Bitte! Der kennt Mama nicht. Du musst mit ihm reden, wie Mama.«

»Scheiße. Jule, ich kann das nicht!«

»Lass mich nicht im Stich«, sagst du. Dann drückst du ihm das Telefon ans Ohr.

»Ja, hier Wolff«, sagt er mit hoher Stimme.

»Wer? … Ach, der Klassenlehrer … ja, nein, ich war gerade in der Küche und …«
Du stößt ihn an und zeigst zur Tür. Zum Glück ist dein Bruder nicht blöd.
»Ich meine, ich bin gerade zur Tür reingekommen«, verbessert er sich. »Ich wollte die Einkäufe in die Küche bringen … Die Kinder essen ja so viel … ja, besonders Jule. Gerade isst sie wieder Pizza.«
Du trittst ihn gegen das Bein.
Er schaut dich an. »Nein, ich meine, das macht sie sonst. Gerade …«
Du hältst die Hände vor den Bauch und tust so, als würdest du kotzen.
Dann versteht er. »… wegen der Magen-Darm-Grippe … isst sie natürlich nur Salzstangen.«
Du atmest auf. Er redet immer weiter: »Ich mache mir auch Sorgen, dass sie so oft krank ist.«
Du machst ihm klar, dass er Schluss machen soll.
»Aber vielen Dank, dass Sie angerufen haben… «
Plötzlich hört ihr, wie von außen die Wohnung aufgeschlossen wird.
»Ja, vielen Dank … ich muss Schluss machen … ja, ich muss los … ja, ja, ja, auf Wiedersehen.«

Er legt auf. Höchste Zeit.
Eure Mutter steht vor euch.
»Wer war denn das?«, will sie wissen.
»Nur ein Kumpel«, sagt er.
Du nickst. Deine Mutter stellt die Tüten ab und zieht Fertig·pizza heraus.
»So, hier ist euer Abendbrot. Macht euch die warm. Ich muss gleich wieder los.«
Dieses Mal geht deine Mutter nicht arbeiten – sie macht einen Computer-Kurs. Wenn sie mit Computern umgehen kann, bekommt sie vielleicht einen besseren Job.
Sie will gerade gehen, da fällt dir etwas ein: »Du wolltest doch mit mir einen Fernseh·abend machen.«
»Wollte ich auch, aber das muss jetzt warten«, antwortet sie.
Sie will, dass du das verstehst. Aber du hast keinen Bock mehr auf Verständnis. Du musst ständig Verständnis haben, für alles und jeden. Du musst Verständnis haben, dass sie kein Geld hat oder keine Zeit oder beides zusammen.
Dir reicht es.
Du schreist sie an: »Du hast überhaupt keine Lust, mit

mir Fernsehen zu gucken. Kein Kino, kein Fernsehen, kein gar nichts. Ich bin gar nicht da.«

»Natürlich hab ich Lust. Aber du musst verstehen …«

Deine Mutter geht auf dich zu, aber du stößt sie weg.

»Ich will aber nicht verstehen!«

»Jule!!«, schreit sie laut.

»Geil, Frauen-Power.« Das war dein Bruder. Aber den Spruch hätte er besser nicht gesagt. Deine Mutter gibt ihm eine Ohrfeige. Das überrascht euch alle, am meisten deine Mutter selbst. Aber das lässt sie sich nicht anmerken.

»Verdien du doch das Geld«, zischt sie.

Die beiden starren sich an. Du weißt, dass dein Bruder am liebsten zurück·schlagen würde. Aber seine Hand holt aus der Hosentasche ein paar Geldscheine heraus. Die wirft er deiner Mutter ins Gesicht.

»Woher hast du das?«, fragt sie.

»Ich hab einen Job.«

Deine Mutter entspannt sich. Ganz langsam. Sie will es nicht glauben: »Du hast … einen Job?«

»In einer Fahrrad·werkstatt.«

Noch weißt du nicht, womit er wirklich Geld verdient. Sonst müsstest du lachen.

»Aber … wieso hast du mir das nicht erzählt?« Deine Mutter sammelt die Scheine vom Boden auf und hält sie ihm hin. Er bleibt stehen und bewegt sich nicht. Dann steckt sie die Scheine in ihre Handtasche und geht zur Tür.

»Das Geld kommt in die Haushalts·kasse. Ich muss los, ich komm ja am ersten Abend gleich zu spät.«

Du siehst, wie sich deine Mutter die Tränen aus den Augen wischt. Du weißt nicht, ob sie vor Glück oder aus Verzweiflung weint. Wahrscheinlich weiß sie es selber nicht.

Lukas erzählt

Die dunkle Seite der Macht

Ich rannte.

Rannte, als ginge es um mein Leben. Ich kam erst zu mir, als ich vor einer Polizei·wache stand.

Sollte ich Jules Bruder wirklich anzeigen?

Ich kannte ihn nicht. Woher wollte ich wissen, ob er wirklich zu den Bösen gehörte?

Ich kannte nicht einmal Jule. Ich wusste fast nichts über sie.

Eine Stimme riss mich aus meinen Gedanken:

»Kann ich dir helfen, mein Junge?«

Ich erschrak. Ein Polizist war gerade aus der Tür gekommen und musterte mich. Mein Herz schlug schneller.

Ich hatte zwar nichts angestellt, aber ich hatte ein schlechtes Gewissen. Das sah man mir sicher an. Kein Wunder. Bisher war für mich klar, was gut und was böse war. Aber jetzt …?

Ich musste mich entscheiden: entweder für Jule und

ihren Bruder oder für alle, deren Fahrrad geklaut wurde.
Ich entschied mich und erzählte dem Polizisten, dass wir gespielt hatten. Dann war da dieses Versteck …
Er wirkte so mächtig mit seiner Uniform. Und ich fühlte mich wie ein Verbrecher. Dabei war ich doch der Held! Ich war der Jedi-Ritter! Ich war auf der hellen Seite der Macht!
Ich wollte es sagen. Ich wollte sagen, dass der Bruder von meiner Freundin Fahrräder klaut. Aber ich … ich konnte es nicht.
Am Anfang war der Polizist freundlich. Jetzt wirkte er streng und wurde immer ungeduldiger.
Ich schaute ihn fest an. Na ja, zumindest versuchte ich das.
Plötzlich sah der Polizist für mich aus wie der Imperator. Seine bösen Augen funkelten. Er verlangte von mir, dass ich meine Freundin verrate. Er wollte, dass ich auf die dunkle Seite der Macht wechsele.
Ich wollte nicht zur dunklen Seite der Macht. Aber wo war die dunkle Seite? Und wo war ich? Wo war Jule?
Schließlich lief ich davon. Ließ den Polizisten einfach stehen. Lief weg und merkte, wie mir die Tränen

kamen. Ich hörte das böse Lachen des Imperators in meinem Kopf.

Meine Beine konnten abhauen. Ich nicht. Flucht war keine Lösung, das wusste ich.

Aber immerhin hatte ich mehr Zeit.

Jule erzählt

Kein Spiel mehr

Du schaust Lukas nach. Der rennt, als ginge es um sein Leben. Dabei ist es dein Leben, das kaputt geht. Dann rennst du selber los. Egal wohin. Hauptsache rennen. Damit du die Angst und die Wut nicht spürst. Du schlägst gegen Schilder, trittst gegen Laternen. Du willst die ganze Welt in Stücke hauen.

Du weißt nicht, wie lange das geht. Aber es geht lange.

Bis du keine Kraft mehr hast. Dann schleppst du dich nach Hause. Irgendwann musst du deinem Bruder in die Augen sehen. Da kannst du es auch gleich machen.

Eigentlich ist es wie immer, als du in eure Wohnung kommst: Dein Bruder hängt vor der Glotze.

Du willst ihn nicht sehen. Du willst in dein Bett und dich unter der Decke verstecken. So lang, bis die Polizei kommt und deinen Bruder holt. Am liebsten so lang, bis euer ganzes beschissenes Leben anders ist.

Aber dein Bruder weiß nicht, dass du Bescheid weißt. Er begrüßt dich und will, dass du seinen Teller abspülst. Als Dank für das Telefonat mit Weinert. Du willst deine Ruhe. Aber er lässt dir keine Ruhe. Ihr fangt an, euch zu streiten.
Misstrauisch schaut er dich an. Dann glaubt er, es zu begreifen.
»Was soll der Scheiß? Nur weil ich arbeite, soll ich …«
»Ha, ha, ha, so nennst du das.«
Dein Bruder guckt dich verwundert an. Weiß er wirklich nicht, was du meinst? Du wirst sauer.
Du schreist ihn an: »Geh zur Polizei und erzähl, womit du Geld verdienst!«
Er schreit zurück: »Wieso das?«
»Vielleicht bestrafen sie dich dann nicht, wenn du freiwillig kommst.«
»Fahrräder reparieren ist nicht verboten.«
»Fahrräder klauen aber schon.«
Jetzt ist es raus. Jetzt weiß er, dass du es weißt.
Er sagt laut und deutlich: »Ich weiß nicht, wovon du redest.«
Du nimmst das Telefon. »Du hast also nichts dagegen, wenn ich die Polizei in die Hutten·straße 44 schicke?«

Er springt auf und packt dich an den Armen. Du schreist und lässt das Telefon fallen.
Er schüttelt dich. »Woher weißt du das?«
Du sagst: »Ich bin den beiden Typen hinterher.«
»Lüg nicht!«
Er tut dir weh, denn er drückt fest zu. Ihr seid nicht nett zueinander. Aber so war er noch nie zu dir. Ist das überhaupt noch dein Bruder?
»Das stimmt! Ich bin denen hinterher ... zufällig.«
Er schüttelt dich heftiger.
»Lüg nicht!«
»Das ist ein Spiel. Ich verfolge alle möglichen Leute.«
Plötzlich scheint er sich zu erinnern, dass du seine Schwester bist. Er lässt dich los und schlägt voller Wut gegen die Wand.
»Scheiße, Jule. Das *war* ein Spiel.«
»Wieso machst du so was?«
»Vielleicht weil ich Geld brauche? Weil ich mir sonst nicht mal die billigsten Sachen kaufen kann. Weil mich die Mädels sonst nicht mal angucken. Oder weil *wir* Geld brauchen? Schon vergessen?«
»Aber Mama arbeitet doch und ...«
»Das reicht doch nicht.«

»Klauen ist ungerecht«, sagst du.
»Was ist schon gerecht? Dass die anderen alles haben und wir nichts?«
Auf die Frage weißt du keine Antwort.
Du überlegst: »Dann geh arbeiten.«
»Hast du einen Job für mich? Mann, Jule! Wenn ich Glück hab, schaff ich gerade den Hauptschul·abschluss. Damit finde ich doch keine Arbeit, nicht mal bei der Müll·abfuhr.«
»Hast du es versucht?«
»Ich hab sowieso keine Chance. Ich will auch keinen schlechten Job mit wenig Geld. Mann, ich will Spaß haben. Ich will was vom Leben. Jetzt!«
Er packt dich wieder an den Armen. Aber es ist anders als eben. *Er* ist anders. Er will dich auf seine Seite ziehen.
»Jule, ich hab mir dieses Leben nicht ausgesucht. Und das Leben ist Scheiße. Wir haben keine Chance, unser Leben zu ändern. Nicht, wenn wir uns an die Regeln halten. Das weißt du.«
»Aber …« Du weißt nicht, was du sagen sollst. Weil er irgendwie recht hat.
»Jule, ich scheiß auf die Regeln, wenn sie mir keine

Chance geben. Dann *muss* ich mir meine eigenen Regeln machen.«

Du verstehst ihn, aber du willst nicht aufgeben. Du willst ihn überzeugen. »Wieso gehst du nicht zur Polizei und gibst zu, dass du Fahrräder klaust?«

»Bist du völlig verrückt?«

»Mann, Tim, das kommt sowieso raus. Lukas hat euch auch gesehen.«

Du siehst, wie es in seinem Kopf arbeitet. Wie er sich erinnert, dass Paul von *zwei* Kindern erzählt hat. Zwei Kinder, die wie die Hasen weggerannt sind.

»Wer ist Lukas?« Er kommt auf dich zu. Er macht dir Angst.

»Das … sag ich nicht.«

Dann packt er dich wieder an den Armen. »Los, sag's mir!«, schreit er und schüttelt dich.

»Nein!«, rufst du ein paarmal. So lange, bis er dich an die Wand stößt. Dein Rücken kracht. Du rutschst langsam zu Boden.

»Dann krieg ich es ohne dich raus«, sagt dein Bruder. Er steigt über dich drüber und geht aus der Wohnung. Du bleibst im Flur sitzen. Irgendwann stehst du auf und brüllst ihm hinterher: »Lass Lukas in Ruhe!«

Lukas erzählt

Das Verhör

Ich war fast zu Hause angekommen. Hoffentlich war keiner da. Ich wollte niemanden sehen. Ich wollte in mein Zimmer gehen und die Bettdecke über den Kopf ziehen.

Ich hatte den Schlüssel ins Schloss gesteckt, da riss meine Mutter die Tür auf. Sie drückte mich an sich.

»Lukas!«

Sie küsste mich. Dann hielt sich mich an den Schultern fest.

»Wo hast du gesteckt? Ich hab mir Sorgen gemacht.«

»Ich war draußen.«

Ich wollte sie nicht anschauen. Ich sah nach unten zu meinen Schuhen.

Sie wollte schon die Polizei rufen, weil ich mich nicht gemeldet hatte. Und ich war ja auch nicht ans Handy gegangen, als sie anrief.

Sie wollte wissen, was ich gemacht hatte. Ich durfte kein Wort zu viel verraten. Sonst würde sie den Rest

Stück für Stück aus mir heraus·bekommen. Ich konnte nicht lügen.

»Wir haben gespielt«, erklärte ich.

»Wer ›wir‹?«

Mist! Ich hatte ein Wort zu viel gesagt.

Meine Mutter überlegte: »Warst du mit dem Mädchen unterwegs, das neulich hier war?«

»Ja«, sagte ich leise.

Sie war erleichtert. Meine Mutter hatte damit gerechnet, dass etwas Schlimmes passiert war.

Sie strich mir durchs Haar. »Aber die ist doch nett. Ich wollte nur wissen, warum du so spät kommst«, seufzte sie. Das Verhör hatte ich wohl überstanden.

»Dann lass uns jetzt Abendbrot essen«, sagte sie.

»Hab keinen Hunger.«

Ich wollte an ihr vorbei, aber sie hielt mich fest.

»Lukas? Was ist los?«

Das Verhör war doch noch nicht vorbei.

»Nichts«, log ich. Sie glaubte mir nicht. Sie meinte, ich müsste doch Hunger haben. Schließlich war ich den ganzen Tag unterwegs.

Sie sah mir in die Augen. »Wenn du mir nichts erzählst, kann ich dir nicht helfen.«

»Weiß ich.« Ich stöhnte. »Kann ich auf mein Zimmer?«

»Wenn du mir nichts erzählen willst, dann geh. Aber du weißt, dass mich das traurig macht.« Sie ließ mich los.

Ich war frei. Jetzt konnte ich auf mein Zimmer gehen. Aber ich blieb stehen.

Jule erzählt

Ein Unglück kommt selten allein

Du sitzt immer noch auf dem Boden im Flur.
Da klingelt es an der Tür.
Du willst niemanden sehen. Aber es klingelt wieder.
Und wieder.
Das Klingeln nervt dich. Du stehst auf und öffnest die Tür.
Was kann dir jetzt noch passieren? Du bist sowieso am Ende.
Aber du irrst dich.
Der Weinert steht da – dein Klassenlehrer. Du glotzt ihn an.
»Hallo, Jule. Darf ich reinkommen?« Schon geht er in den Flur. »Ich wollte dir gute Besserung wünschen.
Hab sogar Cola und Salzstangen mitgebracht.
Das habe ich früher bei Magen-Darm-Grippe bekommen.«
Du sagst: »Danke.« Und du denkst nach: Nach dem Streit eben müsstest du ziemlich krank aussehen.

Das ist deine Chance. Du kannst ihn vielleicht loswerden, weil es dir so schlecht geht – und bevor deine Mutter nach Hause kommt.

»Aber du bist schon wieder auf den Beinen, wie ich sehe«, sagt er.

»Ja, es geht. Morgen bin ich wieder fit. Dann komm ich zur Schule.«

Er mustert dich. »Ist deine Mutter zu Hause?«

Du erklärst: »Nee, die ist arbeiten.«

»Schade, ich hätte mich gern mit ihr unterhalten. Gestern am Telefon klang sie ein wenig durcheinander.«

Der Weinert hat mitbekommen, dass etwas nicht stimmt. Das ist klar.

»Na, dann … muss ich ein anderes Mal wieder·kommen«, meint er.

Das willst du nicht!

»Die ist fast nie da«, sagst du.

»Verstehe.« Er will gerade gehen, da steckt jemand von außen den Schlüssel ins Schloss.

Du hast verloren.

Dein Bruder stürmt herein. Er rennt ohne ein Wort an euch vorbei und knallt eure Zimmertür hinter sich zu.

Glück gehabt!

Der Weinert nimmt wieder die Türklinke in die Hand und verabschiedet sich.

Und stößt in der Tür mit deiner Mutter zusammen.

Lukas erzählt

Halbe Wahrheiten

Meine Mutter sollte nicht traurig sein. Nicht wegen mir.

Vielleicht konnte ich die halbe Wahrheit erzählen?

Und mir dabei Rat holen. Ich überlegte mir eine Geschichte.

Ich fing an: »Wir … wir haben uns gestritten.«

Meine Mutter saß am Abendbrot·tisch. Sie war erleichtert, als ich redete.

Sie tröstete mich: »Das kommt vor, selbst unter den besten Freunden.«

Auch ich fühlte mich erleichtert. Es tat gut, zu reden.

Ich kam langsam näher. Sie streckte eine Hand nach mir aus und fasste um mein Handgelenk.

Ich erzählte weiter: »Wir haben uns Geschichten ausgedacht. Und darüber haben wir uns dann gestritten.«

Sie konnte gut zuhören. Das Verhör war vergessen.

In dem Augenblick hätte ich ihr alles erzählen

können, sogar die Wahrheit. Aber ich hatte mich anders entschieden.

Ich sagte: »Wir haben uns vorgestellt, dass wir Verbrecher sind. Erst hat Jule eine Geschichte erzählt, dass sie Waffen verkauft. Das fand ich blöd. So was gibt es doch nur im Film.«

»Und dann?«

»Dann … dann war ich dran. Und ich hab erzählt, dass ich Fahrräder klaue. Ich hab die Räder natürlich nicht aus Spaß geklaut, sondern weil ich Geld brauche. Und die Räder hab ich an eine Bande verkauft.«

»Na, das klingt ja richtig echt.« Irgendwie änderte sich ihre Stimme. »Und worüber habt ihr euch gestritten?«

»Ich wollte keine Fahrräder mehr klauen. Und Jule meinte aber: ›Nee, du musst weitermachen. Wenn du einmal dabei bist, dann für immer.‹ Und ich: ›Ich kann doch aufhören, wann ich will.‹ Und Jule wieder: ›Nee, weil die anderen lassen dich nicht.‹ Und so ging das weiter. Auf einmal haben wir völlig vergessen, dass wir die Geschichte nur ausgedacht haben …«

Meine Mutter unterbrach mich: »Lukas? Klaut Jule Fahrräder?«

Ich sah sie erschrocken an.
»Wie kommst du darauf?«
»Ich bin nicht dumm. Deine neue Freundin ist zwar nett. Aber ich sehe, dass ihre Familie nicht viel Geld hat. Ich weiß, dass du keine Fahrräder klaust. Und du hast dir noch nie eine Geschichte *ausgedacht*. Also hast du sie irgendwo her.«
Sie hatte recht.
»Okay, da war neulich was im Fernsehen …«, gab ich zu.
Sie glaubte mir nicht. Ich wusste nicht mehr, was ich sagen sollte.
»Jule klaut nicht!«, rief ich. Ich versuchte, meine Hand freizubekommen, aber meine Mutter hielt sie fest.
»Lukas. Ich will dir doch helfen. Vielleicht kann ich sogar euch beiden helfen.«
Ich versuchte, mich zu befreien, aber sie packte auch noch mein anderes Handgelenk.
»Lukas! Sag mir die Wahrheit!« Ihr Blick durchbohrte mich.
»Das ist die Wahrheit.«
»Solltest du ihr helfen? Beim Klauen? Habt ihr euch deswegen gestritten?«

»Nein.« Ich schüttelte den Kopf.

Sie hatte es falsch verstanden.

Ich schloss die Augen und zerrte wie wild mit den Armen, um freizukommen.

»Lukas! Sieh mich an. Solltest du ihr beim Klauen helfen?«

»Das stimmt alles nicht! Du hörst mir nie zu.«

Ich wollte mich befreien. Ich zerrte und zappelte und konnte meinen rechten Arm befreien.

Jetzt zog sie mich an meiner linken Hand zu sich, um mich wieder unter Kontrolle zu bringen. Das nutzte ich aus. Ich gab nach.

Damit hatte sie nicht gerechnet. Sie hatte so stark gezogen, dass sie fast mit dem Stuhl umgefallen wäre.

Ich war frei.

»Ich erzähl dir nie wieder etwas«, rief ich. Dann rannte ich auf die Straße.

Jule erzählt

Die Welt stürzt ein

Der Weinert sagt zu deiner Mutter: »Ich bin Jules Klassenlehrer.«
Deine Mutter stellt ihre Einkaufs·tüten ab und bittet ihn herein. Sie räumt schnell das Sofa frei, damit er sich setzen kann.
Du überlegst schnell, was du tun kannst. Du rufst: »Mama, mir ist schlecht!«
Sie hört dich nicht. Also versuchst du es anders.
Du rennst aufs Klo. Du schiebst zwei Finger in den Hals. Aber es klappt nicht, du kannst dich nicht übergeben. Die Angst schnürt dir die Kehle zu.
Dein Lehrer steht immer noch im Flur.
Er erklärt deiner Mutter, dass er nach dir sehen wollte: »Jules Magen-Darm-Grippe scheint langsam besser zu sein, nicht wahr?«
In dir krampft sich alles zusammen.
Deine Mutter wundert sich: »Welche Magen-Darm-Grippe?«

Du stöhnst. »Aua, mein Bauch.«
Deine Mutter schaut dich an. »Aber Jule, wieso hast du mir nichts gesagt?«
Sie nimmt dich in ihre Arme.
Er sagt: »Sie haben doch geschrieben, dass Ihre Tochter krank ist.«
Deine Mutter versteht das nicht. Du drückst dich fest an sie. Aber du merkst: Sie steht auf Weinerts Seite.
Der Weinert gibt ihr einen Zettel.
Sie nimmt den Zettel und stellt fest: »Nein. Das habe ich nicht geschrieben. Obwohl ich die Schrift kenne.«
»Tja, das habe ich mir gedacht. Jule ist oft krank. Meistens Erkältung. Oder Magen-Darm-Grippe. Deswegen hat Ihnen die Schule bereits zwei Briefe geschrieben. Sie haben leider nicht geantwortet.«
»Ich hatte keine Ahnung.«
Du hast die Briefe verschwinden lassen. Aber sie hätte die Briefe wohl sowieso nicht gesehen. Sie guckt ja immer weg.
Und dann hältst du es nicht mehr aus. Als ob es deine Schuld ist, dass die Schule zum Kotzen ist. Als ob es deine Schuld ist, dass du damit alleine klarkommen musst. Deine Mutter muss auch allein klarkommen,

dass sie zu wenig Geld verdient und keine Zeit für ihre Kinder hat. Nachts hörst du, wie sie heimlich weint. Als ob es deine Schuld ist, dass du es zu Hause kaum aushältst. Denn dein Zuhause ist kein Zuhause. Es ist nur ein Bett und ein Kühlschrank und ein Fernseher und ein altes Sofa.

Du bist traurig und wütend. Du rennst los. Raus.

Deine Mutter und der Weinert sind überrascht. Sie rufen dir hinterher.

Dann kommt Tim aus eurem Zimmer. Er rennt dir hinterher.

Dann laufen deine Mutter und der Weinert los – dir nach.

Du willst weg. Du bist wütend und traurig.

Du bist am Ende.

Du rennst und rennst.

Deine Beine bewegen sich von selbst.

Lukas erzählt

Allein

Wo sollte ich hin?

Ich war noch nie weggelaufen.

Ich wusste nicht mal, wo ich war.

Ich war nur gelaufen. Weg. Weg von meiner Mutter, die hinter mir herlief – bis ich sie abgehängt hatte. Weg von den Fehlern, die ich gemacht hatte. Aber die Fehler konnte ich nicht hinter mir lassen, sosehr ich auch rannte.

Irgendwann konnten meine Beine nicht mehr.

Ich blieb stehen und sank vor einem Schaufenster zusammen.

Ich wollte nicht mehr. Nicht mehr rennen und nicht mehr denken. Nicht mehr da sein.

Ich wollte nur noch eins: mir selbst leidtun.

Da kamen die Tränen.

JULE

Jule erzählt

So gut wie tot

Irgendwann begreifst du, dass du nicht ewig rennen kannst.

Aber was dann? Sich verkriechen?

Da kannst du dich auch gleich begraben.

Du schleppst dich in einen dieser Hinterhöfe. Du siehst eine große blaue Altpapier·tonne.

Du öffnest den Deckel. Du kletterst hinein und lässt dich fallen. Der Deckel klappt zu. Du liegst im Grab aus Papier.

Dann fühlst du dich selbst wie Papier.

Du fühlst dich wie ein Buch, das zu Ende gelesen ist.

Ohne Happy End.

Lukas erzählt

Meister Yoda

Keine Ahnung, wie lang ich da saß. Irgendwann waren die Tränen alle.

Ich guckte hoch.

Niemand beachtete mich.

Dann sah ich mich um ... und musste bitter lachen.

Meister Yoda stand vor mir. Er schüttelte den Kopf und sah mich an. Ich hörte seine Stimme:

»Du noch nicht sein bereit.«

Was für ein böser Scherz: Ich war vor einem Spielzeug·laden gelandet.

Ich stand auf und ging weg.

Meister Yodas Spruch erinnerte mich zu deutlich daran, dass ich versagt hatte.

Jule erzählt

Klappe auf, Klappe zu

Irgendwann hebt jemand den Deckel der Altpapier·tonne. Jemand wirft Papier hinein.
Du denkst: Jetzt wirst du endgültig begraben. Es ist dir recht, denn du bist tot.
Die Klappe fällt zu, die Klappe geht auf. Noch mehr Papier landet auf dir – und diesmal sieht dich die Frau. Sie schreit und rennt davon.
Ihr Schrei holt dich ins Leben zurück. Du weißt, du bist nicht tot. Denn der Tod ist still.
Du kletterst aus der Tonne. Du musst dir ein neues Versteck suchen.
Die Frau schreit dich an: Was dir einfällt, sie so zu erschrecken. Dann merkt sie, dass es auch für dich kein Spaß ist. Du gehst an ihr vorbei auf die Straße.
Die Leute beachten dich kaum. Warum auch? Sie sind dir doch auch egal.
Plötzlich bist du hellwach. Hinter dir ist ein Schatten, der dir folgt. Es ist der Schatten deines Bruders.

Lukas erzählt

Ohne Ziel

Sonst wollte ich immer irgendwohin: zur Schule, nach Hause … Jetzt war ich ohne Ziel unterwegs.
Ich war wie ferngesteuert. Ich kriegte nichts mit. Ich lief durch Straßen, stand vor Geschäften. Ich ging durch Parks, über Brücken, durch Tunnel. Die Stadt war riesig.
An einem U-Bahnhof hing ein Stadtplan. Wie viele Straßen es gab! Wie viele Leute liefen darin herum?
Und wie vielen ging es gerade so schlecht wie mir?
Wen interessierte das?
Ich war so was von egal.
Sogar mir selbst.

Jule erzählt

Der Schatten deines Bruders

Du tust so, als hast du ihn nicht bemerkt.

Warum verfolgt er dich?

Plötzlich weißt du es.

Du sollst ihn führen.

Zu Lukas.

Jetzt weißt du, wohin du gehen kannst.

Vielleicht ist Lukas nicht zur Polizei gegangen? Aber wenn doch?

Und du weißt: Wenn du deinen Bruder zu Lukas führst, machst du alles nur schlimmer.

Lukas erzählt

Der Plan

Ich schaute auf den Stadtplan. Mein Blick suchte etwas: die Bredow·straße.

Es war Jules Straße. Zumindest, wenn sie vorhin nicht gelogen hatte.

Ich hatte wieder ein Ziel.

Jule erzählt

Jagd

Du rennst schneller. Aber der Schatten verfolgt dich weiter.

Du willst ihn abhängen und rennst in das große Kaufhaus. An einem anderen Eingang rennst du wieder raus. Nebenan ist das nächste große Geschäft. Du läufst hinein, aber diesmal die Rolltreppe hoch bis ganz nach oben. Dann stehst du in der hintersten Ecke vor einem DVD-Stapel. Von hier hast du die Rolltreppe und den Fahrstuhl im Blick.

Aber niemand kann *dich* sehen.

Dein Herz rast.

Plötzlich ein Schatten neben dir. Du zuckst zusammen. Aber es ist nur ein Verkäufer.

Du bleibst, wo du bist. Dein Atem beruhigt sich.

Du wartest. Vielleicht eine halbe Stunde? Du weißt es nicht. Dann fährst du mit dem Fahrstuhl nach unten und trittst auf die Straße. Vorsichtig siehst du dich um, aber keine Spur von deinem Bruder.

Du gehst durch fünf weitere Läden und fährst eine Station mit der U-Bahn. Eine Weile gehst du einfach umher. Erst dann machst du dich auf den Weg zu Lukas.

Du bist nicht ganz sicher, ob du deinen Bruder abgehängt hast.

Lukas erzählt

Nette Nachbarn

Ich klingelte bei Wolff. Niemand machte auf.
Ich klingelte noch mal.
Wartete.
Schließlich ließ ich den Finger auf dem Klingel·knopf.
Über mir ging ein Fenster auf. Ein Mann brüllte:
»He, du Knall·kopf. Da ist keiner zu Hause!«
Der Mann knallte das Fenster zu. Vor Schreck hatte ich meinen Finger von der Klingel genommen.
Ich wollte mit Jule reden. Aber jetzt wusste ich nicht weiter. Ich war wütend und schlug mit den Fäusten gegen die Haustür.
Am Computer, da konnte ich ganze Welten besiegen.
Aber nicht, wenn es darauf ankam … Und meine Mutter hatte nicht richtig zugehört.
Ich schlug gegen die Tür. Da ging das Fenster über mir wieder auf …
Der Mann schrie: »Verpiss dich. Sonst komm ich runter und trommel auf dich ein.«

Ich war weg, bevor der Typ das Fenster wieder zugeschlagen hatte.
Meine Augen waren voller Tränen.

Jule erzählt

In der Höhle der Löwin

Du stehst vor Lukas' Tür. Du klingelst.
Lukas' Mutter öffnet. Als sie dich sieht, freut sie sich nicht. »Jule, das ist aber eine Überraschung.«
»Tag, Frau Erdmann. Ist Lukas da?«
»Na, komm erst einmal rein«, sagt sie viel zu freundlich. Sie schließt die Wohnungstür hinter dir.
Du kannst Lukas nirgends sehen. Und endlich merkst du, dass etwas nicht stimmt. Lukas' Mutter ist jetzt auch nicht mehr nett. Sie will von dir wissen, wo er ist. Aber du weißt es nicht und willst gehen, aber Lukas' Mutter steht im Weg.
Sie will sich weiter mit dir unterhalten.
Sie erklärt dir: »Er hat von den geklauten Fahrrädern erzählt. Dann ist er weggelaufen.«
Du weißt nicht, was du sagen sollst. In dir bricht alles zusammen.
»Und wie du drinhängst, hat er auch erzählt.«
Von wegen ewige Treue! Luke und Leia, das war's wohl.

Du willst weg. Aber du weißt: Sie lässt dich nicht so einfach gehen. Sie will, dass du ihr etwas von den Fahrrädern erzählst.

Doch du hast deinen Stolz. Du wirst den Schwur nicht brechen. Du nicht. Du bist keine Verräterin.

»Soll er, wie sagt man: Schmiere stehen?«, fragt sie.

Du schaust sie verwundert an. »Wie kommen Sie darauf?«

»Ein bisschen hat mir Lukas schon erzählt.«

Du weißt nicht, was sie meint. Wovon redet die Frau?

»So einen Blödsinn hat er bestimmt nicht erzählt.«

Sie wird sauer: »Nun werde mal nicht unhöflich. Ich weiß Bescheid.«

»Gar nichts wissen Sie.«

»Also gut. Dann sag ich es dir: Du klaust Fahrräder und verkaufst sie weiter an eine Bande. Und Lukas sollte dir dabei helfen.«

»Was?« Du glaubst nicht, was du hörst. »Aber das stimmt nicht.«

»Musst du Lukas da mit reinziehen?«

»Ich zieh ihn nirgendwo mit rein.«

»Und warum bist du dann hier?«

»Ich … ich muss ihn warnen … vor meinem großen Bruder. Wenn der rauskriegt, wo Lukas wohnt, dann …«

Das hättest du nicht sagen sollen. Wütend packt sie dich am Arm und schüttelt dich.

»Das ist ja Blödsinn. Willst du ihm damit Angst machen und erpressen?«

Du reißt dich los. Es ist sinnlos, mit ihr zu reden. Das verstehst du endlich. Du versuchst, zur Tür zu kommen. Sie erwischt dich aber wieder sofort. Wieder befreist du dich. Du suchst einen anderen Weg, willst durchs Fenster. Doch sie erwischt dich wieder. Sie hält dich am Handgelenk fest.

»Es reicht!«, faucht sie. »Wir gehen zur Polizei.«

»Lassen Sie mich los!«, rufst du. Du kämpfst, aber du hast keine Chance.

Du trittst gegen ihr Bein. Leider erwischst du sie nicht richtig. Und dann gibt sie dir eine Ohrfeige. Das tut weh! Sofort gibst du nach. Tränen schießen dir in die Augen. Nicht so sehr wegen der Ohrfeige, sondern wegen dieser ganzen verdammten Welt. Alles ist gegen dich und will dich fertigmachen.

Lukas erzählt

In den Fängen von Dr. Silberblick

Ich war in die nächste U-Bahn geflüchtet. Dann kam ich in unsere Straße. Ich fühlte mich elend. Ich ließ die Schultern hängen und schaute auf den Boden. Fast wäre ich in ihn hinein·gelaufen: Dr. Silberblick! Da stand er, Jules Bruder. Ich erschrak und starrte ihn an.

»Ist was, Kleiner?«, fragte er unfreundlich.

Ich wollte wegrennen, aber da fiel mir etwas ein: Ich kannte ihn, aber er kannte mich nicht!

Ich versuchte, ganz normal zu wirken. »Nee, ich …«

Was sollte ich sagen? Was machte der hier? In meiner Straße? Das war doch kein Zufall! Was suchte der hier? Suchte der etwa …

… mich?!

»… ich hab nur grad an so einen Film gedacht«, sagte ich.

Er grinste. »Na, das war wohl ein Horrorfilm. Guck mal lieber Sandmännchen.«

»Danke für den Tipp«, antwortete ich.

Ich wollte an ihm vorbei, da legte er seine Hand auf meine Schulter.

»Sag mal, wie heißt du eigentlich?«

Ich stotterte: »L…Leonard.«

»Wohnst du hier?«

»Nein, ich … ich will nur einen Freund besuchen.«

Er zeigte auf unser Haus. »Da?«

Ich schüttelte den Kopf und zeigte in die andere Richtung. »Nee, hier um die Ecke.«

Er überlegte. Dann legte er einen Arm um meine Schulter, so wie es Freunde machen.

»Sag mal, Leonard: Du kennst nicht zufällig einen Lukas?«

Ich schüttelte den Kopf.

Er sagte: »Lukas ist nicht gerade ein seltener Name. Die meisten Leute kennen wenigstens einen Lukas.«

»Ich … ich kenne keinen«, stammelte ich. Da kam mir eine Idee: »Oder meinst du George Lucas?« Ich sprach den Nachnamen mit Absicht auf Deutsch aus.

»Wen?«

»George Lucas. Den Regisseur von Star Wars«, erklärte ich. Und quasselte weiter: »Also, persönlich kenne ich den natürlich nicht. Aber die Filme, die kenne ich. Alle, und ein paar Bücher. Und eins über ihn, über George Lucas. Das war aber nicht so …«

»Lass mal gut sein. Ich glaub, den mein ich nicht.«

Er ließ mich langsam los. »Na dann, hau ab.«

Ich wollte losgehen, da hielt er mich wieder fest. Er hatte noch einen Tipp für mich: »Aber Leonard: nicht wieder heimlich Horrorfilme gucken. Sonst …«

Er tat so, als wollte er mich beißen. Ich spielte mit: Ich schrie und rannte los. Er lachte.

Ich lief um den Häuserblock herum. An der Ecke zu unserer Straße hielt ich an. Jetzt beobachtete ich ihn von hinten, aber er konnte mich nicht sehen.

Er ging weiter. Wo wollte er hin?

Da bemerkte ich, dass er jemandem folgte: meiner Mutter. Und die zog Jule mit sich.

Einen kurzen Moment drehte sich alles um mich. Meine Mutter, Jule, Tim, die Fahrraddiebe, der Polizist … Ich wollte mich wieder verstecken. Dann dachte ich nach: Ich wusste zwar nicht, was ich tun sollte. Aber eins wusste ich: Ein Jedi-Ritter lässt seine Freunde nicht im Stich.

Ich verfolgte Tim.

Jule erzählt

Endstation

Lukas' Mutter schleppt dich zur Polizei. Du wehrst dich, aber du hast keine Chance. Sie zerrt dich hinein bis zu einem Tresen.
Hinter dem Tresen stehen zwei Schreibtische, an einem sitzt ein Polizist.
Frau Erdmann ruft ihm zu: »Guten Tag, ich möchte Anzeige erstatten. Dieses Kind hier …«
Du brüllst: »Loslassen!« Du zeigst, dass du nicht freiwillig hier bist.
Der Polizist ist genervt: »Können Sie Ihre Probleme nicht zu Hause klären?« Er denkt: Da kommt eine Mutter mit ihrer Tochter nicht klar.
Frau Erdmann entgegnet: »Das ist nicht meine Tochter! Ich kenne dieses Mädchen nicht. Ich will Anzeige erstatten.«
Nun wird es ernst für dich. Der Polizist nimmt einen Stift und einen Schreibblock. Er kommt zu euch an den Tresen.

Er sieht Frau Erdmann an. »Was ist passiert?«
»Sie klaut Fahrräder.«
Du rufst: »Das stimmt nicht.«
»Das Mädchen hat also Ihr Fahrrad geklaut?«
»Nein. Nicht meins. Sie hat es meinem Sohn erzählt.«
»Hab ich nicht«, sagst du. Aber beide beachten dich gar nicht.
Der Polizist spricht weiter: »Und wo ist Ihr Sohn?«
»Das wüsste ich auch gern.« Sie seufzt. »Er ist weggelaufen. Darum bin ich eigentlich hier.«
»Also wollen Sie ihn als vermisst melden?«
»Ja, das auch.«
Der Polizist wundert sich.
»Na gut. Jetzt schön der Reihe nach. Name?«
Frau Erdmann stöhnt: »Sein Name oder ihrer?«
»Ihrer.«
»Jule, den Nachnamen weiß ich nicht.«
Er schaut Lukas' Mutter an. »Sie werden doch Ihren Nachnamen wissen.«
Die ist genervt und sagt: »Ich kenne sie doch nicht.«
Was für eine witzige Situation! Du könntest lachen, wenn du nicht so tief in der Scheiße stecken würdest.
Du sagst: »Er meint Ihren Namen.«

»Ach so, mein Name. Ich heiße Ingrid Erdmann.«

Er schreibt den Namen auf und sagt: »Seien Sie nicht so unfreundlich. Ingrid Erdmann.«

Sie nennt ihm noch ihre Adresse. Und du überlegst, wie du die ganze Sache erklärst.

Es muss eine Geschichte sein, die niemanden verrät. Trotzdem muss sie echt klingen. Dir fällt nichts Gutes ein …

Der Polizist hat jetzt alles aufgeschrieben. Er schaut Lukas' Mutter an: »Also, von vorn. Das Mädchen klaut Fahrräder?«

»Ja«, antwortet sie.

»Nein!«, rufst du.

Aber du bist dem Polizisten egal.

Da rennt jemand in den Raum.

Du weißt nicht, ob du dich darüber freuen sollst.

Es ist dein Bruder.

Lukas erzählt

Die Macht ist mit mir

Es war dieselbe Polizei·wache, vor der ich heute schon einmal gestanden hatte.
Vor ein paar Stunden war ich von dort weggelaufen.
Das ging nicht mehr. Ich musste da rein. Ich konnte Jule nicht alleinlassen. Schließlich hatte *ich* Mist gebaut. Ich wollte die halbe Wahrheit sagen und hab alles nur schlimmer gemacht. Die ganze Wahrheit konnte ich nicht sagen, zumindest nicht hier.
Also blieb nur eins: Ich musste lügen.
Ich blieb am Eingang stehen und schloss die Augen.
Es war eine Prüfung. Keine von denen, die man in der Schule macht. Es war eine Prüfung, ob man sich am nächsten Tag noch selbst mag. Es war eine echte Jedi-Ritter-Prüfung.
Ich atmete tief durch. Ruhe und Kraft strömten in mich. Die Angst war weg. Und die Macht würde mit mir sein.
Langsam und sicher ging ich in die Polizei·wache.

Jule erzählt

Völlig durchgeknallt

Dein Bruder ist aufgeregt. Er ruft dem Polizisten zu:
»Meine kleine Schwester ist weg …«
Du starrst deinen Bruder an und sagst: »Tim!« Ist er wegen dir hier?
Auf jeden Fall hättest du ihm nicht zugetraut, dass er zur Polizei geht.
Er starrt zurück. Er tut, als wäre er überrascht.
»Jule! Da bist du ja!«
Jetzt weißt du Bescheid. Er hat dich weiter verfolgt. Was er vorhat, weißt du nicht.
Inzwischen geht das Theater weiter. Dein Bruder umarmt dich.
»Mensch, Jule, ich hab dich überall gesucht. Warum bist du weggelaufen?«
Du willst seine Umarmung nicht, weil er dir sonst nie so nah kommt. Du wehrst dich. Vergeblich. Er ist stärker und hält dich fest.

Jetzt wendet er sich an Lukas' Mutter: »Haben Sie Jule gefunden? Vielen Dank.«

Frau Erdmann ist misstrauisch.

»Du bist ihr Bruder?«

»Ja.« Ganz unschuldig fragt er: »Ich hoffe, sie hat nichts angestellt?« Pah! Wer hatte denn was angestellt?

Jetzt meldet sich der Polizist. »Nichts, außer dass sie Fahrräder geklaut hat.«

Dein Bruder spielt weiter Theater. Verwundert blickt er alle an. »Das kann nicht sein.«

Lukas' Mutter mischt sich ein: »Sie hat meinem Sohn erzählt, dass sie ...«

Du rufst dazwischen: »Ich hab nichts erzählt. Ehrlich nicht!«

Aber Tim beachtet dich nicht. Er schüttelt den Kopf. »Das dürfen Sie nicht so ernst nehmen. Jule erzählt viel. Sie lebt in ihrer eigenen Welt. Sie ist ein bisschen ... verrückt.«

Dein Bruder sagt den anderen tatsächlich, dass du verrückt bist. Durchgeknallt.

Du regst dich noch mehr auf: »Sag mal, spinnst du?«

»Jule hört das nicht gerne. Aber deswegen muss ich

ständig auf sie aufpassen«, erklärt er. »Können wir nicht gehen? Unsere Mutter macht sich Sorgen.«

»Erst der Name«, entscheidet der Polizist.

»Meiner oder ihrer?«, fragt Tim.

»Deiner.«

»Ist der wichtig?«

»Ja!«, brüllt der Polizist und schlägt mit der flachen Hand auf den Tresen.

Dein Bruder erschrickt und zuckt zusammen.

»Schon gut. Tim Wolff. Mit zwei f.«

»Adresse?«

Jetzt ist das Spiel zu Ende, denkst du. Aber du hast Glück, denn noch ein Bekannter steht in der Tür.

Lukas erzählt

Luke und Leia

Ich betrat den Raum. Mit fester Stimme sagte ich: »Guten Tag. Ich möchte mich stellen.«
Jule und ihr Bruder starrten mich an. Meine Mutter schrie auf und umarmte mich. Sie erdrückte mich fast.
»Wo warst du? Ich hab mir Sorgen gemacht«, flüsterte sie.
Der Polizist schaltete sich ein: »Ist das Ihr Sohn?«
»Das sehen Sie doch«, zischte meine Mutter.
»Da hat sich ja die Vermissten·anzeige erledigt«, stellte er fest.
Jules Bruder sagte gar nichts mehr. Er hatte wohl gemerkt, dass ich ihn getäuscht hatte. Ich war der Lukas, den er auf der Straße gesucht hatte. Und ich wusste, dass er Fahrräder klaut … Aber ich wollte ihn nicht verraten.
Auch wenn er es vielleicht verdient hatte.
Ich erklärte dem Polizisten: »Ich möchte ein Geständnis ablegen.«

»Lukas! Was …?« Meine Mutter sah mich verwirrt an.

»Ich bin der Fahrrad·dieb«, sagte ich. Meine Stimme klang fest und klar.

Der Polizist schaute mich verwundert an.

Ich hatte alles genau überlegt. Ich wusste, was ich sagen wollte: Ich wollte Fahrräder klauen, um sie auf dem Flohmarkt zu verkaufen. Dann hatte ich ein schlechtes Gewissen bekommen. Deshalb hatte ich erst mit Jule und später so halb mit meiner Mutter über meinen Plan geredet. Meine Mutter hatte das aber falsch verstanden. Deshalb standen wir nun hier.

Ich redete weiter: »Ich nehme alle Schuld auf mich. Ich …«

Meine Mutter unterbrach mich: »Lukas! Rede keinen Unsinn.«

»Ist Ihr Sohn etwa auch verrückt?«, fragte der Polizist.

Meine Mutter wurde wütend. Ihr reichte es, sie wollte mich nach draußen ziehen.

Da schrie der Polizist: »Sie bleiben hier. Alle! Ich will wissen, was los ist!«

Einen Moment waren wir stumm vor Schreck. Dann redeten alle gleichzeitig.

Nur Jule stand da und sagte nichts.
»Ruhe!«, brüllte der Polizist. »Einer nach dem anderen.«
Wieder war es kurz still, dann ging das Durcheinander von vorne los. Der Polizist schlug auf den Tresen und wir waren wieder ruhig.
Da meldete sich Jule: »Darf ich was sagen? Ich bin weggelaufen – das stimmt. Aber nur weil … weil rausgekommen ist, dass ich die Schule schwänze.«
Also doch! Deshalb war Jule immer so früh an meiner Schule.
»Und mein Bruder hat dafür die Unterschrift meiner Mutter gefälscht.«
Der Polizist sah Jule und Tim streng an. »Weiß das eure Mutter jetzt? Dann würde ich dieses Mal nichts weiter unternehmen.«
Jule erklärte: »Er hatte Angst, dass das rauskommt. Deshalb hat er gesagt, dass ich verrückt bin.«
Ich traute mich nicht, etwas zu sagen. Wozu auch? Jules Geschichte war besser als meine.
»Äh … ja, so war's«, meinte Tim.
Der Polizist war nicht überzeugt. Er schaute Tim wieder streng an und fragte: »Ist das wirklich alles?«

Jule erzählt

Familien·treffen

Dein Bruder hat Glück. Er muss nicht antworten, denn es kommen noch mehr Bekannte: deine Mutter und der Weinert.

Sie ist völlig durcheinander und redet gleich los:

»Meine Tochter … bin ich hier überhaupt richtig?«

Dann sieht sie Tim.

Dann dich.

Deine Mutter umarmt dich. Sie drückt dich fest an sich. Das hast du eben schon mal erlebt – aber als Zuschauerin. Du wehrst dich dieses Mal nicht.

Der Polizist hat genug gesehen und gehört. Für ihn ist die Sache erledigt. »Sie können gehen«, sagt er zu deiner Mutter.

Die wischt sich mit dem Ärmel ein paar Tränen weg.

Dann nimmt sie deine Hand. Sie drückt deine Hand so fest, als wollte sie dich nie wieder loslassen.

Und du drückst ein wenig zurück.

Aber ihr könnt noch nicht gehen. Frau Erdmann

meldet sich wieder: »Und was ist mit den geklauten Fahrrädern?«
Jetzt spielt dein Bruder wieder Theater. Unschuldig fragt er: »Welche geklauten Fahrräder?«
Frau Erdmann gibt nicht nach. Sie will die Wahrheit. »Lukas, jetzt sag was«, fordert sie. »Lukas! Sag die Wahrheit!«

Lukas erzählt

Meine Wahrheit

Alle sahen mich an.

Meine Mutter wollte die Wahrheit.

Tim hatte Angst vor der Wahrheit.

Seine Mutter war verwirrt.

Jule vertraute mir.

Ich sagte: »Das war nur eine Geschichte. Eine Geschichte, die ich mir ausgedacht habe.«

Meine Mutter gab nicht nach. »Lukas, sag bitte die Wahrheit!«

Dabei sagte ich die Wahrheit, zumindest einen Teil davon. Was war überhaupt die Wahrheit? Was war die *ganze* Wahrheit?

Jule und ich wollten Helden sein! Wir wollten gegen das Fahrradklau-Imperium kämpfen! Alles war so einfach gewesen. Ich konnte die Welt in Gut und Böse teilen. Aber das ging jetzt nicht mehr. Das Leben war kein Kinofilm. Im echten Leben war alles viel schwieriger.

Immerhin hatte ich gelernt: Ich wollte kein Held sein, wenn ich dafür eine Freundschaft verraten musste. Das war jetzt meine persönliche Wahrheit.

Der Polizist hatte noch eine Frage: »Und was ist mit deinem Geständnis?«

Jetzt musste ich nicht mal lügen: »Meine Mutter hat was falsch verstanden. Und ich wollte nicht, dass jemand anderes drunter leidet.«

»Dann können wir jetzt gehen?«, fragte Tim.

Der Polizist nickte.

Jule erzählt

Fuß·abtreter-Poesie

Dann steht ihr draußen. Seid ihr Freunde? Seid ihr Feinde?

»Sehen wir uns morgen?«, fragt Lukas.

»Klar«, antwortest du. »Wir sind doch ein Team.«

Lukas zieht seine Mutter weg. Du rufst noch hinterher: »Wiedersehen, Frau Erdmann.«

Aber sie ist schon zu weit weg und hört dich nicht.

Oder sie will nicht mit dir reden.

Egal.

Der Weinert verabschiedet sich. Du stellst dir vor, wie die beiden dich gesucht haben. Wie sie durch die Straßen gerannt sind. Wie verzweifelt deine Mutter war. Wie der Weinert sie beruhigt hat.

Zu dir sagt der Weinert: »Dann bis morgen, Jule.«

Es klingt nicht wie eine Drohung, sondern wie eine Abmachung. Du sollst nicht mehr davonlaufen.

Du nickst.

Weg ist er.

Dein Bruder ist gut gelaunt: Er will euch zum Eis einladen. Er legt einen Arm um dich und den anderen um deine Mutter.
Dir reicht es: »Fass mich nicht an. *Nie mehr!*«
Deine Mutter versteht nicht, was los ist. Du willst es ihr später erklären, aber erst mit ihr nach Hause. Ihr geht los und lasst Tim zurück. Er ist wütend, aber seine Wut ist dir egal.
Du gehst mit deiner Mutter nach Hause, ohne ein Wort zu sagen. Dann schließt sie die Tür auf und geht in die Wohnung.
Du bleibst stehen. Vor der Tür.
Deine Mutter guckt dich verwundert an. »Kommst du?«
Du schaust nach unten und schüttelst den Kopf.
Du siehst auf den alten Fußabtreter vor der Tür.
»Willkommen zuhause!« steht darauf. Ein Witz, denkst du. Du fühlst dich nicht willkommen und auch nicht zu Hause.
Du willst, dass sich etwas ändert. Aber du weißt nicht, wie du das sagen sollst.
Deine Mutter bittet dich herein. Aber du sagst »Nein«.
»Was soll das heißen? Nein?«, fragt sie.
»Nein heißt Nein.«

Du guckst sie an – und dann rastet sie aus. Der Tag war zu viel für sie.
Sie haut mit der Faust gegen den Tür·rahmen. Sie schreit dich an: »Sag mal, spinnst du? Weißt du überhaupt, was ich mir für Sorgen gemacht habe?«
In dir hat sich auch vieles angestaut. Du schreist zurück: »Ja, weiß ich. Aber du machst dir doch ständig Sorgen. Um die Arbeit, um die Miete, um … Nie hast du Zeit für mich.«
Deine Mutter will antworten, aber sie sagt nichts. Sie nimmt die Hände vors Gesicht. Damit du nicht siehst, wie sie weint.
Du fragst: »Ich bin dir egal, stimmt's?«
Ihre Hände rutschen runter. Fassungslos sieht sie dich an. »Du bist mir nicht egal! Das weißt du. Aber ich muss arbeiten.«
»Nicht den ganzen Tag.«
»Jule. Es tut mir leid. Ich habe mich in letzter Zeit zu wenig um dich gekümmert. Das weiß ich.«
Sie meint es ernst. Aber dir reicht es nicht, dass sie ein schlechtes Gewissen hat. Du willst, dass sich etwas ändert.

»Wieso soll ich zu Hause sein, wenn du nicht zu Hause bist?! Dann ist das kein Zuhause.«

»Es ist alles zu viel für mich.« Sie nimmt deine Hand. »Und da habe ich wohl das Wichtigste zu wenig beachtet. Da hab ich euch zu wenig beachtet.«

Sie sieht dich lange an. Sie will dich zu sich ziehen und dich umarmen. Das geht dir zu schnell.

Du ziehst deine Hand zurück.

Du überlegst: »Wir könnten wenigstens zusammen Abendbrot essen.«

»Jule ...«

»Lukas' Mama macht das auch. Du musst doch sowieso was essen!«

Sie schließt die Augen. Du merkst, dass sie dich liebt. Aber sie hat für die Liebe zu wenig Zeit.

»Und was ist, wenn ich länger arbeiten muss?«

»Dann essen wir eben später. Und zur Not geht's auch mal nicht. Aber das ist die Ausnahme.«

Sie öffnet die Augen wieder und lächelt dich an.

»Gut. Versprochen. Und du erzählst mir dann beim Abendbrot von der Schule?«

Du nickst. Deine Mutter will, dass sich auch bei dir etwas ändert. Du bist einverstanden.

»Na, dann lass uns endlich reingehen.«

Du nickst wieder. Ihr umarmt euch. Hinter euch schließt sich die Tür.

Der alte Fußabtreter bleibt draußen.

Lukas erzählt

Epilog

Eine Woche später ist Tim zur Polizei gegangen. Dort traf er denselben Polizisten. Er hat Jules Bruder sofort erkannt.
Tim hat ihm alles erzählt über die geklauten Fahrräder.
Jule hatte ihrer Mutter nicht verraten, woher Tim wirklich das Geld hatte. Die Geschichte mit dem Schule·schwänzen hatte erst mal gereicht.
Jule und ihre Mutter verstanden sich jetzt besser.
Aber Jule hat ihren Bruder überhaupt nicht mehr beachtet.
Da hat er wohl gemerkt, dass er sich entscheiden musste: für seine Schwester oder für das schnelle Geld. Krieg oder Frieden. Sechs Tage war Krieg.
Am siebten Tag wollte er eigentlich nur seinen »Job« kündigen. Aber Paul und Pille wollten ihn nicht gehen lassen. Das war genau wie in der Geschichte, die ich meiner Mutter erzählt hatte.

Er hat sich mit den beiden gestritten. Dann ist Tim zur Polizei. Danach hat er zu Hause noch mal die Wahrheit gesagt.
Seine Mutter hat kaum mit Tim geschimpft. Am Ende war sie sogar mächtig stolz auf ihn. Nicht darauf, dass er Fahrräder geklaut hat. Sie war stolz, wie er Schluss gemacht hat. Und Jule hat ihn fast geknutscht. Na ja, sie hat ihn mehr geboxt.
Er ärgert sich aber inzwischen über seine Entscheidung. Seiner Familie fehlt das Geld – und ihm selbst natürlich auch.
Tim musste vors Gericht. Dort hat er auch den Diebstahl gestanden. Deswegen musste er nicht ins Gefängnis. Auch, weil er zum ersten Mal geklaut hat und noch nicht erwachsen ist. Als Strafe musste er nur Sozialstunden leisten. Das sind Stunden, die er für einen guten Zweck arbeiten muss. Geld bekommt er dafür nicht. Sie haben ihn ausgerechnet in eine Fahrrad·werkstatt gesteckt.
Fand er überhaupt nicht lustig. Wir schon.
Nach den Sozialstunden darf Tim in der Fahrrad·werkstatt bleiben – wenn er seine Arbeit gut macht.

Ich habe meiner Mutter alles erzählt und danach meinem Vater. Sie mussten mir aber erst versprechen, nichts zu unternehmen. Sonst würde ich ihnen überhaupt nichts mehr sagen. Meiner Mutter ist das schwer·gefallen.
Sie meinte: »Denk an die Leute, denen die Fahrräder geklaut werden!«
Und ich dann: »Tim klaut doch nur teure Räder. Und wer sich so ein Fahrrad leisten kann, der kann sich auch ein neues leisten.«
Irgendwann hab ich Tim sogar verstanden.
Besonders viel Geld hatte er ja nicht. Und wenn alle anderen um einen rum mit ihren Sachen angeben …
»Du sollst nicht stehlen« sagt sich leicht, wenn man alles hat.

Und Jule und ich? Wir sehen uns jetzt fast jeden Tag.
Meine Mutter hatte ein schlechtes Gewissen, weil sie Jule zur Polizei geschleppt hatte.
Ich hab Jule Star Wars Battlefront 2 beigebracht.
Aber das wurde schnell langweilig. Jetzt ziehen wir wieder um die Häuser. Oder ich gebe Jule Nachhilfe.
In Mathe ist sie schon besser geworden.

Jules Mutter hat ihren Computer-Kurs aufgegeben. Sie kommt mit Computern einfach nicht klar. Und zu Hause wollte sie mehr für die Kinder da sein. Dafür will sie eine andere Fortbildung anfangen.

Es klingelt.

Ich mach Schluss, eigentlich hab ich alles erzählt. Obwohl das natürlich nur die halbe Wahrheit ist. Wie gesagt: Die ganze Geschichte kriegt sowieso niemand in ein Buch.

Jule erzählt

Nachsatz

Du klingelst.

Ohne zu zögern.

Wozu auch? Du hast eine Geschichte hinter dir, zu der du stehen kannst. Vor dir ein Tag, der keine Bauchschmerzen macht.

Die Tür geht auf …

Glossar

… und hier nun die Erklärungen für die schwierigen Wörter. Bei allem aus der Star-Wars-Welt steht ein davor.

Pestalozzi·straße wird Pes·ta·lot·zi·straße gesprochen.

Jabba the Hutt (sprich: Dschabba de Hutt) ist ziemlich böse und hässlich. Er sieht aus wie ein fetter T-Rex mit einem Kröten·kopf.

Star Wars (sprich: S·ta Woars) – oder auf Deutsch Krieg der Sterne – ist ein ganzes Universum für sich: Es gibt Bücher, Computer·spiele, Zeichen·trick·serien, Kostüme, Spielzeug und noch mehr. Das Wichtigste aber sind die Spielfilme. Es geht um den Kampf zwischen Gut und Böse. Die Guten sind die Jedi-Ritter, und die Bösen sind die Sith.

Star Wars Battlefront 2 (sprich: S·ta Woars Bättel·front tu) ist ein Computer·spiel.

Wer **glotzt**, guckt lange irgendwohin oder jemanden an.

Beschatten bedeutet heimlich beobachten.

Naboo (sprich: Nabuu) ist ein Planet bei Star Wars. Den kann man bei Star Wars Battlefront 2 erobern.

Ein **Typ** (sprich: Tüp) ist in diesem Fall ein Mann.

Ein **T-Shirt** (sprich: Ti-Schört) ist natürlich etwas zum Anziehen.

Ein **Laser·schwert** (sprich: Läjser·schwert) ist eine Waffe. Die Klinge ist ein leuchtender Laser·strahl. Jedi-Ritter und Sith – also die Guten und die Bösen – kämpfen mit Laser·schwertern.

Luke Skywalker (sprich: Luuk S·kei·woo·ker) ist ein Held und einer von den Guten.

Piken heißt jemanden mit einem spitzen Gegenstand berühren.

Schiss ist ein anderes Wort für Angst.

Ein ganz Böser ist **Darth Vader** (sprich: Darsz Wäder; Das „th" ist eigentlich ein Laut, bei dem du die Zunge zwischen die Zähne nimmst. Dann atmest du aus). Er steht auf der dunklen Seite der Macht. Er ist der Gegner von Luke Skywalker. Außerdem ist Luke Skywalker sein Sohn, aber das kriegt man erst langsam raus. Darth Vader trägt immer eine schwarze Helm-Maske, ohne die er nicht atmen kann. Wegen der Maske hört man seinen Atem sehr laut und seine Stimme klingt metallisch. Darth Vader ist grausam und tötet viele. Aber am Ende hält er zu Luke.

Der **Rasende Falke** ist das Raumschiff, mit dem Luke Skywalker und Prinzessin Leia zusammen durch die Galaxie fliegen.

Wer **lauscht**, hört ganz genau hin.

Dr. ist die Abkürzung für Doktor.

Ein **Auge verlieren** bedeutet, dass das Auge sehr verletzt wird. Man kann mit dem Auge nicht mehr sehen.

Ein **Alien** (sprich: Äj·li·jen) ist ein Außer·irdischer.

Ein **Hinterhof** befindet sich hinter einem Haus. Um auf einen Hinterhof zu kommen, muss man erst durch einen Durchgang mit einem Tor.

Ein **Spaceglider** (sprich: S·päjs·glei·der) ist so was wie ein Motorrad – nur eben ohne Räder und in der Luft.

Anakin Skywalker (sprich: Äne·kin S·kei·woo·ker) ist ein Held. Am Ende lässt er sich aber auf die dunkle Seite der Macht ziehen. Dann wird er zu Darth Vader.

Schrott sind alte Sachen aus Metall, die man nicht mehr braucht.

Jar Jar Binks (sprich: Dscha Dscha Binks) ist ein Gungan (sprich: Gang·gän). Ein Gungan sieht aus wie ein Känguru mit Frosch·augen und herunter·hängenden Ohren wie ein Dackel. Jar Jar Binks ist ziemlich ungeschickt. Außerdem spricht er voll komisch.

Ein **Krimi** ist eine spannende Geschichte, bei der ein Verbrechen geschieht.

Ein **Team** (sprich: Tiehm) arbeitet zusammen.

Prinzessin Leia (sprich: Leja) steht auf der hellen Seite der Macht. Sie ist die Zwillings·schwester von Luke Skywalker. Das erfahren die beiden allerdings erst sehr spät. Nach ihrer Geburt wurden sie nämlich getrennt.

Ein **Imperium** ist ein großes Reich. Bei Star Wars herrscht der Imperator über dieses Reich.

Die **Macht** ist eine Energie, die das Universum zusammenhält. Sie hat zwei Seiten, die helle und die dunkle. Die helle Seite ist natürlich die Gute. Man kann lernen, sich für die Macht zu öffnen. Dann strömt sie in einen rein und man bekommt übernatürliche Fähigkeiten.

Die **Jedi-Ritter** sind die Guten. Sie können sich für die Macht öffnen. Im Kampf können sie sich von der Macht leiten lassen. Dadurch sind sie fast unbesiegbar. Ihre Waffe ist meist ein Laser·schwert.

Eine **Glotze** ist ein Fernseher.

Auf einer **Couch** (sprich: Kautsch) kann man sitzen und liegen.

Ein **Amt** ist für bestimmte Dinge zuständig und für die Bürger da. Es gibt viele unterschiedliche Ämter. Ein Jugendamt kümmert sich darum, dass es Kindern und Jugendlichen gut geht. Das Ordnungsamt überprüft zum Beispiel, ob Autos falsch parken.

Wer **Überstunden** macht, arbeitet mehr als eigentlich abgemacht ist.

Eine **Chance** (sprich: Schoongse) ist eine Möglichkeit oder eine gute Gelegenheit, um etwas zu erreichen.

Power (sprich: Pauer) ist Englisch und heißt Kraft, Stärke oder Energie.

Beim **Mustern** schaut man jemanden ganz genau von oben bis unten an.

Der **Imperator** ist der Allerschlimmste von den Bösen. Er will über die ganze Galaxie herrschen. Er heißt Palpatine (sprich: Päl·per·tin). Meistens trägt er eine dunkle Kapuze, die sein Gesicht verdeckt. Da sieht man seine roten Augen nicht. Am Ende wird der Imperator von Darth Vader besiegt.

Ein **Happy End** (sprich: Häppi End) ist ein glückliches Ende.

Meister Yoda (sprich: Meister Joda) ist ein alter und kluger Jedi-Ritter. Er ist ziemlich klein, hat grüne Haut und große Ohren. Er sieht aus wie eine Mischung aus Eidechse und Koala. Außerdem redet er komisch: Meister Yoga vertauscht immer die Wörter.

Schmiere stehen bedeutet aufpassen, dass niemand etwas sieht oder merkt.

George Lucas (sprich: Dschordsch Lukäss) hat das Drehbuch zu Star Wars geschrieben. Er ist auch der **Regisseur** (sprich: Re·schi·sör) der sechs Filme. Ein Regisseur sagt den Schauspielern und dem Film-Team, was sie tun sollen.

Ein **Tresen** ist ein hoher Tisch und so etwas wie eine Absperrung. Hinter einem Tresen arbeitet meistens jemand.

Poesie (sprich: Po·e·sie) sind Gedichte. Poesie nennt man aber auch Situationen, die besonders zauberhaft sind.

Ein **Epilog** steht in einem Buch ganz am Schluss. Epilog bedeutet so viel wie letzte Worte.

Nachwort

Die Geschichte von Jule und Lukas spielt in Berlin. Vieles findet man dort genauso, wie ich es im Buch beschrieben habe: Zum Beispiel die Lietzen·see-Schule, auf die Lukas geht. Die Mauer, auf der Jule sitzt, gibt es aber an einer anderen Schule. Lukas könnte auch durchaus in der Pestalozzi·straße wohnen, sie liegt direkt um die Ecke vom Lietzen·see.
Aber das Haus, wo Jule und Lukas ins Erdgeschoss schauen, steht in einer anderen Straße.
So ist es mit allem in diesem Roman: Das Gebäude als Ganzes ist ausgedacht, die einzelnen Bausteine gibt es wirklich.
Vielen Dank an alle, die mir beim Sammeln und Zusammensetzen der Bausteine geholfen haben.

Jörg Isermeyer

Stefanie Höfler

Mein Sommer mit Mucks
Kurzfassung in Einfacher Sprache

Mit Vignetten von Franziska Walther
88 Seiten (ab 11), Gulliver TB 74861
Auch als E-Book erhältlich (74877)

Die eigenbrötlerische Zonja lernt im Schwimmbad Mucks kennen, der mit seinen abstehenden Ohren wie ein Außerirdischer aussieht. Mucks ist der erste Mensch seit Jahren, der ihr Freund werden könnte.

✓ Für Literaturunterricht in inklusiven Klassen

✓ Für Kinder mit LRS oder geringen Deutschkenntnissen

✓ Entspricht dem Sprachniveau A2/B1

Ebenfalls lieferbar:

Stefanie Höfler

Mein Sommer mit Mucks

Mit Vignetten von Franziska Walther
Roman, 140 Seiten (ab 11), Gulliver TB 74725
Auch als E-Book erhältlich (74546)

Lehrerhandreichung

»Mein Sommer mit Mucks« im Unterricht PLUS

Mit Kopiervorlagen auf drei Niveaustufen
48 Seiten, Unterrichtsmaterial 63074
Auch als Download erhältlich (44428)

GULLIVER www.beltz.de
Beltz & Gelberg, Postfach 10 01 54, 69441 Weinheim